*"Peguei-me de admiração...
E depois de viver alguns sonhos e asperezas
e sobretudo sentir com imprecisão
o desdobramento do outro em mim,
pude saber por excelência que cada um de nós é único,
perfeitamente original e diverso...
Fragmento de uma combinatória imaginária.
Um inventário de possibilidades.
E, simultaneamente e de fato,
nesse pulsar contínuo e breve,
átimo do infinito,
somos todos mais que perfeitamente iguais, genuínos...
esplendidamente reais e nus.
Absurdo feliz... Isso é o que acaba contando..."*

*"Uma vida vai se tecendo em meio a tantas outras.
Empresta-me tua cor?"*

Antonio Gil Neto
Edson Gabriel Garcia

Cartas Marcadas

Uma história de amor entre iguais

ilustrações: Antonio Gil Neto

CORTEZ
EDITORA

© 2007 texto Antonio Gil Neto
Edson Gabriel Garcia

© Direitos de publicação
CORTEZ EDITORA
Rua Monte Alegre, 1074 – Perdizes
05014-000 – São Paulo – SP
Tel.: (11) 3864-0111 Fax: (11) 3864-4290
cortez@cortezeditora.com.br
www.cortezeditora.com.br

Direção
José Xavier Cortez

Editor
Amir Piedade

Preparação
Ricardo Kato Mendes

Revisão
Oneide M. M. Espinosa
Roksyvan Paiva

Edição de Arte
Mauricio Rindeika Seolin

Dados Internacionais de Catalogação na Publicação (CIP)
(Câmara Brasileira do Livro, SP, Brasil)

Garcia, Edson Gabriel.
  Cartas marcadas / Edson Gabriel Garcia, [arte] Antonio Gil Neto. – São Paulo: Cortez, 2007.
  ISBN 978- 85-249-1320-4

  1. Literatura infanto-juvenil I. Gil Neto, Antonio. II. Título.

07-7038   CDD-028.5

Índices para catálogo sistemático:
1. Literatura infanto-juvenil   028.5
2. Literatura juvenil   028.5

Impresso no Brasil — setembro de 2007

SUMÁRIO
(Proposta de jogo)

1. Tramas e truques: pequenas tempestades de azul no deserto do corpo 6
2. Lances mais que amorosos em palavras miúdas 16
3. Croquis de dois masculinos: um salto incandescente no silêncio do espelho 24
4. Ecos e esfinges: primeiras texturas nos labirintos da dor 30
5. Outros aparatos e estratégias para enfrentar alguns monstros a nossa volta 36
6. Desejos ardentes e mais que apressados: pistas, soslaios, álibis 44
7. Mergulho em palavras de vidro e em notas de vento 52
8. Alinhavos humanos: muitas horas na mira do infinito 58
9. Ressonâncias: retoques na espinha do soberano tempo 66
10. Novos riscos de giz e *links* na aventura de Vênus 72
11. Despertando mistérios mais o medo pelo brilho da aventura 78
12. Mãos para o horizonte e esses olhos reveladores do futuro 86
13. Oásis: a cor desse nômade que mora em mim 97

MUITO ALTO É O MURO DO JARDIM

Tramas

e truques:

pequenas

tempestades

de azul no

deserto do

corpo

> "No princípio foi a Luz
> Depois veio a Terra
> E depois o Amor"
>
> (*Diálogos*, Platão)

Duda leu uma vez sem entender muito bem, leu outra vez em busca do sentido daquela pequena carta, pouco maior que um bilhete. Passou uma vista de olhos rápida em seus amigos e amigas, respirou fundo, como que reunindo forças para enfrentar uma grande batalha. E leu outra vez.

Duda,

Não estranhe o que está escrito aqui. Peço-lhe que não estranhe, nem jogue fora, nem ria de mim. Não julgue apressadamente. Pensei muito, muito mesmo, antes de criar coragem e tomar a decisão de escrever-lhe. A vida é mesmo assim, tem coisas que a gente faz com a calma de um dia de chuva, sem se importar com o tamanho da decisão e das conseqüências, tem outras que poderiam e deveriam ser assim simples, como um dia de sol, mas elas nos parecem tempestades. Assim é comigo nesse segredo que vou revelar a você, compartilhar com uma pessoa de quem eu gosto muito, até porque está enredada na história, mesmo sem saber e sem querer.

"Ah, fala logo!", você deve estar pensando ou pedindo. "Chega de enrolação!" Isso é sintoma do assunto complicado, como já lhe disse. E, por isso, vou enrolando, mesmo tendo decidido, vou tomando coragem enquanto escrevo estas primeiras linhas. O que acontece é que... é que sinto que gosto de você. Não desse jeito que um amigo gosta do outro, mas de um jeito que alguém gosta do outro, por interesse que vai além da amizade... você percebe o que eu quero dizer? É um querer que brota no íntimo da alma como novelo fértil. Chega à flor da pele feito fruto do desejo intenso. E faz o corpo querer mais e mais... Como se um ímã dentro de mim me atraísse a você querendo que pertencêssemos um ao outro, sem pudores, sem fim...

Não chegaria a dizer que amo você, pois ainda está um pouco longe disso, não sei direito o que é amor, amar. Mas gosto de você, sinto interesse por você, interesse que vai além da amizade. Daí para o amor pode ser um passo, pode ser uma caminhada curta, pode ser uma travessia... ou pode ser nada. Depende de você. Imagino qual a sua surpresa ao ler esta carta e ver meu nome assinado embaixo. Certamente você esperaria qualquer nome feminino, Daniela, Carla, Júlia, uma qualquer, menos o meu. Isso deve causar mesmo estranheza, um declarando-se para outro, quando o esperado seria um declarando-se para uma ou uma declarando-se para outro. Mas... vamos lá: o que é normal nessa vida? O que é certo e errado nessas coisas de amar e amor? Quem sabe, pode levar um pouco mais de tempo, mas é possível se acostumar com essa idéia.

Eu mesmo, quando comecei a descobrir dentro de mim uma alma diferente e que meu interesse não era por uma outra, mas por um outro, masculino como eu, levei um susto. Depois fui me acostumando e me preparando para assumir esse amor de cara diferente. Pode não dar em nada, mas peço-lhe que não relaxe comigo, não menospreze minha declaração. Considere apenas uma possibilidade. E me deixe continuar a escrever cartas para você.

Pedro Paulo

Duda entendia, mas não queria entender, o que acabava de ler. Estava incomodado, muito incomodado. Além da conta. Talvez até porque já imaginava essa possibilidade, sentia a presença de Pedro Paulo em suas barras. E alguma coisa vinda de muito dentro de si parecia notar um "outro" Pedro Paulo. Algo estranho e quase familiar ao mesmo tempo. Algo novo entrava em sua vida, e tinha de lidar com isso. Havia uma sensação de repugnância que resplandecia num engolir seco e pastoso. Uma espécie de ansiedade medrosa.

(Trecho de folheto religioso distribuído de casa em casa por religiosos insistentes e crentes em coisas outras desse mundão de Deus)

> Assim, mantemos uma posição neutra para com os assuntos políticos dessas nações. Tentamos ser semelhantes aos primitivos discípulos de Jesus sobre os quais ele falou: "Não fazem parte do mundo, assim como eu não faço parte do mundo." (João 17:16) Cremos que manter-se separado do mundo significa evitar conduta imoral tão comum hoje em dia, incluindo a mentira, o roubo, a fornicação, o adultério, o homossexualismo, o mau uso do sangue, a idolatria e outras coisas assim, condenadas na Bíblia. (Coríntios 6:9-11; Efésios 5:3-5; Atos 15:28,29)

Manuela chegou perto de Duda, cara de choro, muito amiga, dessas de desabafar e soltar lágrimas no ombro, amigos de tanto tempo, de confessar coisas escondidas, um pro outro, olhou para o amigo e mandou o verbo: o merda me botou chifre. Duda não entendeu, entendeu mais ou menos, quase entendeu. O merda só poderia ser Rogerinho, colega de turma, o namorado da amiga Manuela. E o chifre... bem, o chifre só poderia ser... só poderia ser chifre mesmo. Nada a ver com festa de peão. Chifre, corno, traição... coisas da vida. Os olhos olhando para outra pessoa, os olhos não têm cerca, Manuela, nem o amor, minha cara amiga. Duda lembrou-se de um passeio da turma ao *shopping*. Manuela tentando manter Rogerinho a seu lado, ele, esperto que só o demo, buscando vazar cerca, romper limites, comer em outros restaurantes. Manuela insistindo e Rogerinho desistindo, tava na cara. Duda quis consolar a amiga e ela, entre aceitar ou recusar o consolo, choramingando: vocês são todos iguais, amarram a gente, enroscam, prometem e depois largam tudo por nada. Duda não replicou. Que sabia ele dessas coisas do amor? Quase nada. Ou nada. Prometeu a ela que daria uma bronca em Rogerinho, mandaria ele para pqp, exigiria sua retratação, pedido de desculpas, se fosse o caso expulsaria o crápula da turma. Prometia da boca pra fora. Quem pode culpar alguém por uma traição? Na verdade, trair é coisa de ocasião. Lembrou-se de um dia, num desses famigerados trabalhos escolares, todo mundo do grupo foi embora, desculpando-se para escapar da chatice do trabalho, e sobraram apenas ele e Manuela. Pintou um clima, ela deu em cima dele. Duda recuou, alegou num-sei-o-quê, e não topou o minicaso com a amiga. Preferiu ficar com a amiga. Então, pensou, ela havia sido traída, mas já poderia ter traído. Vai saber. Duda olhou bem dentro dos olhos ligeiramente chorosos dela e chutou a bola pra frente. Deixa disso, Manuela, a vida continua, menina, ponha um novo amor no coração e mande ver.

Dias se passaram. Dias e dias. Dentro da cabeça de Duda tudo era um ponto de espera... A vida parecia feita de esquinas e mais esquinas, prontas a revelar as surpresas mais estonteantes. E agora essa. Tinha de enfrentar seu amigo – talvez ex-amigo – que acabara de se revelar como um possível, provável ou suposto namorado. Como isso doía de uma forma tão desconhecida e tão sem remédio! Havia levado um baita susto e não sabia o que fazer. Não sabia precisar que tipo de susto era aquele. Nem sabia lidar com tamanha surpresa que o deixava tonto, perdido, quase nocauteado, sem saber como agir. Parecia enclausurado dentro de si. Ele se sentia ao mesmo tempo incomodado e curioso, como se estivesse de malas prontas para uma viagem a um lugar exótico, longínquo, por algumas vezes atraente, por outras repulsivo... Seria isso?

Sentia sem querer a presença perturbadora e constante da figura daquele inimigo íntimo à espreita de tudo.

Foi depois daqueles dias de martírio total que nova carta apareceu no meio do livro de matemática de Duda, bem guardado no fundo de sua mochila. Foi só um momento de largá-la num canto qualquer por um ínfimo instante e aquele papel amarelado aparecer e despertar a sua atenção e desespero. Como aquele maldito papel havia parado ali, no meio de suas coisas, de sua intimidade? Que mãos e desdobramentos misteriosos tinha seu amigo? Será que havia cúmplices? Quando, que hora, como?... Uma sucessão de perguntas sem respostas insinuava-se em sua cabeça. Atiçando hipóteses. Como um enigma que tinha de ser desvendado.

Dobrou ligeiramente o amarelado papel. Enfiou no bolso. Pediu licença para a professora e saiu ávido em direção ao pátio agora vazio e silencioso. Sentou num canto escondido e abriu o escrito.

Julieta: Dize-me como entraste e por que vieste. Muito alto é o muro do jardim, difícil de escalar, sendo o ponto a própria morte – se quem és atendermos – caso fosses encontrado por um dos meus parentes.
Romeu: Do amor as lestes asas me fizeram transvoar o muro, pois barreira alguma conseguirá deter do amor o curso, tentando o amor tudo que o amor realiza. Teus parentes, assim, não poderiam desviar-me do propósito.

(*Romeu e Julieta*, William Shakespeare)

Duda,

Agora que não somos mais tão estranhos um para o outro, nessa nova perspectiva de encarar os sentimentos, senti necessidade de escrever mais uma carta, na certeza de que você vai acabar compreendendo que essas coisas acontecem com as pessoas comuns e com a esperança de que você acabe também criando coragem e aceitando viver esse sentimento amoroso que pode ser nosso e que começo a achar bonito, uma vez sendo de nós dois.

Por estes dias fiquei observando-o, bem distante, do jeito que pude. Embora já amigos de tanto tempo e quase cúmplices em tantos momentos especiais, senti que você se assustou com a minha revelação, não foi? Isso porque o obriga a tomar uma atitude, seja ela qual for, não é mesmo?

Sei que é muito difícil para a gente se entender e perceber todos os desejos que temos. Há situações da vida que nos obrigam a tomar atitudes que não sentimos de fato e não correspondem à nossa verdade mais íntima. Imagino como você deve estar se torturando. Não precisa virar a cara para mim, nem fingir que não me conhece. Nem tampouco fugir dessa. Afinal, nos conhecemos bem e somos amigos. Das horas boas e ruins... Na mais última instância, colegas, conhecidos. Você sabe bem...

Por vezes, somos uma caixinha de surpresas. E saiba você que todo mundo tem seus mistérios para desvendar. E serem desbravados.

Acho que teremos de encarar tudo isso de frente; embora muito difícil. Nessa hora é muito raro contarmos com alguém para nos apoiar e nos ajudar a compreender esse novo sentimento que brota dentro da gente e que acaba exigindo uma atitude firme ante tudo que nos cerca. Sobretudo com as pessoas que conosco convivem. Você sabe que pai, mãe, irmão, irmã, tios, avós, cachorro e papagaio, na sua maioria, querem que a gente seja como manda o figurino da normalidade, veja você. Hoje eu até compreendo melhor aquela frase famosa... ser ou não ser... eis a terrível questão... Acho que chegou a sua vez... Olhe para dentro de você mesmo e se perceba... Vá em frente, pois a vida nos reserva muitas surpresas... Essa é uma delas.

Fiz mais uma vez essa enrolação toda para poder lhe contar um pouco como foi que eu percebi melhor que estava a fim de você e não da Lívia, ou da Manuela, ou de outra garota qualquer do pedaço, como eu pensava e até gostaria que assim fosse. Mas não é.

Tudo ficou mais claro naquele passeio, lembra? Uma espécie de última gota que explica as outras que enchem o copo... Aquele do final do ano passado em que a nossa turma do cursinho de inglês resolveu fazer como despedida de fim de ano. Todo mundo estava, você... os meninos... as meninas... e eu.

Lembro bem agora do Tiago, aquele insuportável, descarado, inconveniente que não te dava sossego, tirando umas com a sua cara, debochando, passando a mão e tudo mais. Eu ficava incomodado com tudo aquilo, mas eram sinais... Disfarçava com todo o resto da turma e comigo mesmo, jurava que estava assim, diferente, porque estava gostando da Lívia... que até tinha bebido e fumado por ela... uma espécie de amor não correspondido. Não havia sacado ainda que eu era um tanto diferente, entende? Pois eu até acabei embarcando nessa, numa espécie de ilusão que me guardava dos outros e me escondia de mim mesmo. Ainda mais com a pressão sofrida pela marcação do Tiago... Aí, o que aconteceu? Foi você que ficou com a Lívia naquele dia. Vi vocês dois juntos e isso bastou para se instalar em mim uma sensação de ciúme novinho em folha e de infinitas impossibilidades...

Foi bem naquele fim de tarde, na fazenda do pai da Aninha, que eu pude ter a certeza do que eu sentia, ou melhor, de quem eu era...

Lembro-me bem quando entrei correndo para o banheiro com medo de tudo. Enchia de ar os pulmões avidamente como para me libertar de mim mesmo. Lembro até do cheiro, sabe? Um cheiro presente de maçãs, embora da janela visse um emaranhado de flores amarelas invadindo tudo e brigando com o cheiro de algo saboroso, adocicado e convidativo. Fiquei um bom tempo apertando as minhas têmporas para ver se aquela dorzinha ia embora e eu me sentia mais normal diante de todos. Até no piso do banheiro eu via a cena que acabara de ver. Você estava ali moldado ao chão. Foi nesse dia que eu tive vontade de ficar mais perto de você, de sentir seu corpo, seu hálito, enfim fazer parte de sua vida por inteiro, da forma mais íntima possível, como se não tivesse nada para nos separar... Isso mesmo... E não é romantismo, não, é a mais pura realidade, num exato momento em que temos na nossa mão o nosso desejo concreto... mesmo que quase impossível... é isso que dá.

O meu corpo queria se encontrar com o seu, mais que o meu pensamento pudesse controlar, renegar, dissolver. Vinha uma volumosa vontade de que a gente estabelecesse uma comunhão, um pacto, um amalgamento. Como se estivéssemos predestinados a ser mais um casal lendário no mundo, desses que têm os nomes ligados para sempre: Romeu e Julieta, Marília e Dirceu, Tristão e Isolda, eu e você... Parece que essa harmonia de corpos almejada deixa muito mais belo esse lance de amor...

Fazia algum tempo que eu vivia isso. É que disfarçava quanto podia e quanto a vida exigia de mim, mas foi só quando eu o segui naquele seu passeio solitário pelo campo e me peguei vigiando você que foi ficando mais claro o meu desejo e meu sentimento enjaulado. Acho até que você me viu ali, meio escondido na folhagem, e por isso se mostrou de maneira mais demorada e sutil... quase teatral. Foi daí que voltei correndo, contra a minha vontade, mas de frente com a revelação de mim mesmo. Descobrira em você a minha identidade amorosa.

Se é que se pode dizer isso. Sei e vou procurar saber mais, pois não sou a única pessoa que vive uma situação semelhante a essa. Há, houve e haverá muitos e muitos... sabia?

Foi mais ou menos assim como aconteceu o meu sentimento amoroso e sexual por você. O primeiro, consciente e nebuloso. Como um tempo de cerejas na aridez de um deserto. Uma espécie de encantamento premente e dolorido que vai inundando a nossa fonte dos desejos mais pungentes. Você fica e vai ficando cada vez mais enlaçado por uma imensa vontade de estar junto, sempre perto, olho no olho, vivendo tudo de bom que a vida pode oferecer. Como se pudesse existir o "para sempre feliz"... É como estou agora. Com uma ardente ambição dentro do meu corpo. Com um decidido pulsar de ir em frente para o que der e vier. Com uma leve certeza de que não vai ser nada fácil...

O que você tem a dizer sobre tudo isso?

Beijo
Pedro Paulo

P. S.: Deixe a sua resposta em algum lugar. Eu vou encontrar.

2

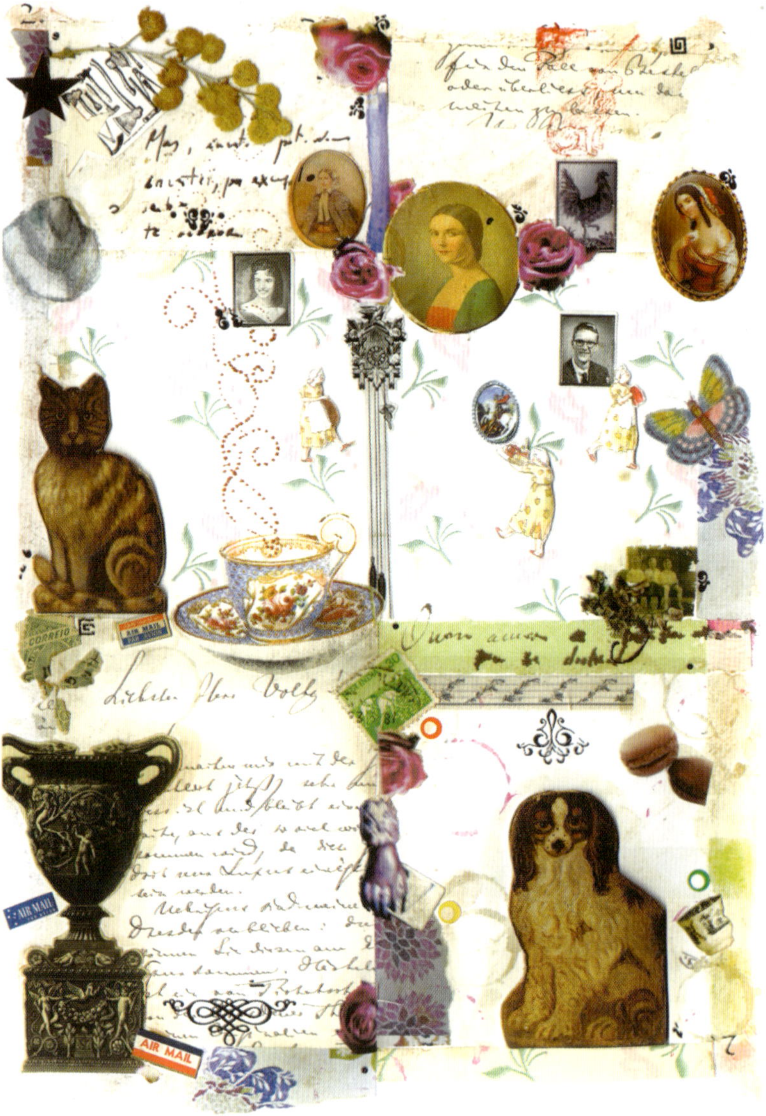

Desvendando a leitura

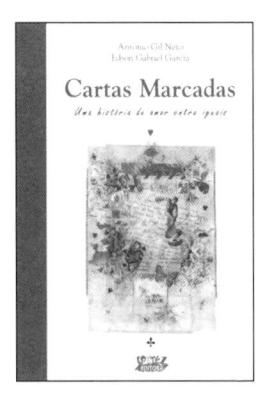

Ler também é uma agradável diversão. Quando lemos, discutimos com o autor os personagens e o enredo por ele criados. Agora vamos penetrar nas entrelinhas do texto desvendando os acontecimentos com um olhar mais criterioso.

Nome _____
Escola _____

As mensagens eram simples; o remetente era conhecido; as cartas estavam marcadas pelas mesmas intenções. Mas estas cartas que Duda recebeu de Pedro Paulo iriam transformar sua vida. Vamos relembrar os fatos narrados e as atitudes das personagens?

I. As primeiras letras

1. Tudo começou quando o Duda encontrou uma_____ na sua mochila, no meio do livro de matemática. Duda ficou muito _____ com tudo aquilo. Afinal, na correspondência havia uma declaração de _____ feita por um _____. As coisas começam a se complicar quando os _____ da escola percebem a situação. Começa então, para Duda, uma batalha contra seus próprios sentimentos.

IV. As opiniões

1. As pessoas têm no livro diferentes opiniões sobre a homossexualidade e, por isso, diferentes comportamentos. Relacione as colunas abaixo, indicando qual é o procedimento de cada um em cada situação:

1) Condenar, comparando-a a outras práticas condenáveis
2) Ficar indignado com as perseguições
3) Tentar esconder o preconceito
4) Não se importar muito
5) Aceitar como algo natural

(   ) "A vida é assim, meu caro. Tem que ser vivida do jeito que ela vem, como se apresenta, um dia de cada vez, olho no futuro. E entrar de cara no amor, seja ele branco ou preto, azul ou amarelo, corintiano ou flamenguista, pequeno ou grande, igual ou diferente."

(   ) "O colégio é conservador, mas não é preconceituoso. O problema não está no fato de o garoto ser homossexual, e sim no prejuízo da coletividade."

(   ) "Fiquei assustada com o depoimento de um aluno da escola que li em uma revista. Ele dizia que existe o movimento MMB – Matem Muitas Bichas. Esse tipo de pressão psicológica é um absurdo".

(   ) "Cremos que manter-se separado do mundo significa evitar conduta imoral tão comum hoje em dia, incluindo a mentira, o roubo, a fornicação, o adultério, a homossexualidade, o mau uso do sangue, a idolatria e outras coisas assim (...)"

(   ) "Esse é calmo, educado, como uma menina. Uma bichinha, como os outros linguarudos dizem; maricão, como se dizia no meu tempo de garota; homossexual, como manda a educação do politicamente correto. Bem, deixa ele pra lá... cada um com seus problemas".

( ) "(...) Quero pensar que isso tudo no fundo é uma grande bobagem. Deve ser. Não sei ainda o que é gostar, amar... meninas ou meninos, sei lá. Sei quase nada de amar."

2. O autor da maior parte das cartas é Pedro Paulo, porém todo o foco da narração recai sobre Duda. Ao longo do texto, vão aparecendo palavras como "algo estranho e quase familiar", "pressão interna", "incômodo crescente", "angústias" etc. Em sua opinião, por que razão Duda sofre tanto com as mensagens das cartas?

_____
_____
_____
_____
_____
_____
_____
_____
_____

III. A homossexualidade ao longo da História

Você viu que, na tentativa de entender o que se passava entre ele e Pedro Paulo, Duda resolveu estudar o tema e descobriu que a homossexualidade não é uma invenção moderna. Ao contrário, era muito comum no mundo antigo e fazia parte da estrutura social da Grécia e do Império Romano.

1. Complete as lacunas com os nomes que aparecem abaixo.

Alexandre – Calígula – Júlio César
Adriano – Nero

a) _____, o quinto imperador romano, entre 54 d.C. e 68 d.C., é conhecido por ter causado um incêndio em Roma. Durante sua vida, promoveu festas e banquetes, entregou-se à libertinagem e uniu-se amorosamente a homens e mulheres.

2. Após o recebimento das primeiras cartas, qual é a maior dificuldade enfrentada por Duda? Justifique sua resposta.

_____
_____
_____
_____
_____
_____

3. O livro é formado por uma reunião de textos de diferentes fontes e diferentes pontos de vista. Responda:

a) Além das cartas, que outros "tipos" de texto aparecem *entre* a narração?

_____
_____
_____
_____
_____

b) Se os assuntos abordados são os mesmos, como são as idéias e os pontos de vista? Dê exemplos.

_____
_____
_____
_____
_____

c) Que relação pode haver entre o pensamento de Duda e a organização da obra (o modo como o livro foi composto)? Explique.

_____
_____
_____
_____
_____

II. As personagens e seus mundos

Você deve ter percebido que a história deste livro se passa em dois lugares diferentes: no mundo real; e na mente das personagens. No mundo real acontecem as ações, as conversas, as brigas etc. No mundo dos pensamentos, isto é, na mente das pessoas, acontecem as opiniões, os planos, as lembranças, os sentimentos e angústias.

1. Nos trechos abaixo, identifique quem é a personagem, colocando o número correspondente entre parênteses.

(1) Mãe de Duda
(2) Duda
(3) Maria Cândida
(4) Bibliotecária
(5) Professora Lucinha

( ) "Tenho quase certeza de que esse garoto está se queimando em suas dúvidas com relação à sua orientação sexual. Minha experiência de trabalho com essa garotada não me engana."

( ) "Menino estranho esse. Não é como os outros. Os outros vêm aqui atrás das meninas, não querem saber de livro coisa nenhuma."

( ) "Tem tanta coisa nesse mundo de Deus. Isso me dói e é por essa razão que quase nem quero pensar nisso. Mas fica latejando lá dentro, bem no fundo do coração. E coração de mãe não se engana. Tem coisa errada no comportamento do Eduardo..."

( ) "O Duda não sabe ainda. Ou, se sabe, faz que não sabe. Que não quer. Mas a gente sabe, eu sei, os amigos sabem. E sentem. Mas ele não abre o jogo, fica dentro desse armário, trancado."

b) Conhecido por sua natureza extravagante e perversa, _____ foi um cruel imperador romano que governou entre 37 d.C. e 41 d.C.

c) _____, o Grande, tornou-se rei da Macedônia ainda muito jovem e, morrendo antes de completar 33 anos, conquistou o maior e mais rico império que existia naquele tempo. É considerado um dos maiores gênios militares de toda a história e, durante as longas expedições de que participou, manteve relações amorosas com seu companheiro Hefástião.

d) _____, o pacificador, foi um importante imperador romano, entre 117 d.C. e 138 d.C. Foi responsável por um período de boa administração, fazendo que Roma tivesse relativa paz e prosperidade. Ele era apaixonado por um companheiro chamado Antínoo.

e) _____ foi um imperador romano, grande líder político e militar, entre 100 a.C. e 44 a.C. Conquistador, teve como amante Cleópatra, rainha do Egito, mas também mantinha relações com Nicomedes IV, um rei da Bitínia.

2. Como é hoje em dia tratado o tema da homossexualidade? Cite exemplos que você tenha visto em jornais, programas de televisão ou mesmo no dia-a-dia de sua escola.

_____
_____
_____
_____
_____
_____
_____
_____
_____
_____
_____
_____
_____
_____
_____

2. Reveja o trecho de um bilhete anônimo que Duda recebeu:

"Lute contra esse sentimento ruim que está te rondando, uma coisa vil e pecaminosa. Você sabe. Isso não leva a lugar nenhum. Olhe bem à sua volta. Você já viu um homossexual feliz? Vive se escondendo. De tudo, de todos. Você quer isso para você e para a sua família?"

Em sua opinião, os homossexuais são felizes ou infelizes? Justifique sua resposta.
_____
_____
_____
_____
_____
_____
_____

V. Procurando mais informações

A orientação sexual é a condição que direciona as pessoas ao gênero (masculino ou feminino) pelo qual elas se sentem atraídas. A homossexualidade é uma das orientações sexuais possíveis. Você quer saber mais?

a) Leia mais sobre a História da Homossexualidade:
– Wikipédia: <http://pt.wikipedia.org/wiki/Homossexualidade>

b) Conheça as leis que protegem a orientação sexual das pessoas:
– Projeto de Lei no Senado Federal – PLC 00122 / 2006, de 12/12/2006
< http://www.senado.gov.br/sf/atividade/Materia/detalhes.asp?p_cod_mate=79604>

– No Estado de São Paulo: Lei Nº 10.948, de 5 de novembro de 2001
<http://www.legislacao.sp.gov.br/legislacao/index.htm>

– No Estado do Rio de Janeiro: Lei Nº 3406, de 15 de maio de 2000
< http://www.alerj.rj.gov.br/processo2.htm>

c) Entre em contato com os grupos e organizações que lutam pelos direitos dos homossexuais.

– Associação Brasileira de Gays, Lésbicas, Bissexuais, Travestis e Transexuais – ABGLT
<http://www.abglt.org.br/port/index.php>

– Associação da Parada do Orgulho de Gays, Lésbicas, Bissexuais e Transgêneros
<http://www.paradasp.org.br>

VI. Discutindo o tema

Há uma série de leis, entidades e eventos relacionados à defesa da livre orientação sexual. Há, por exemplo, a Parada Gay, que acontece todos os anos nos meses de junho e julho em todo o Brasil. Após ver o que os jornais noticiaram sobre o acontecimento, discuta com seus colegas procurando responder:

a) por que a homossexualidade continua sofrendo tanta discriminação em nossos dias?

b) a quem isso interessa?

c) o que se pode fazer pela defesa da livre orientação sexual?

Encarte elaborado pelo professor Roksyvan Paiva.
© Cortez Editora. Não pode ser vendido separadamente.

Lances
mais que
amorosos
em
palavras
miúdas

Duda ficou mais chateado e temeroso. Perdido. Quase enojado. Afinal, o que era aquilo? O que estava acontecendo? Será que o pessoal estava percebendo?

Respirou fundo, bem fundo mesmo. Guardou a carta. Lavou o rosto e as mãos várias vezes. Olhou para todos os lados. Será que ele estava por ali? Que cara abusado! O que fazer agora?

Levou o maior susto quando o seu Zé, inspetor da escola, bateu em suas costas intimando-o para a aula de português. Estava salvo por alguns minutos. Mais tarde, menos tarde, teria de resolver.

Duda entrou na sala cambaleando, um pouco atrasado, o bafo do Pedro Paulo queimando sua nuca virgem, os olhos meigos e compreensivos da professora Lucinha acolhendo-o em meio à algazarra de todo início de aula. Uma eternidade se passou até que ele se sentisse ajustado ao ambiente escolar e abrisse o livro didático na página indicada pela professora.

Um dos colegas leu o poema que lá estava publicado, "Neologismo", de Manuel Bandeira. Depois da leitura, Lucinha começou a dissertar sua interpretação, quase sempre muito boa, sobre os versos bandeiranos. Ela falava, tentando convencer os meninos e as meninas da beleza e da sensibilidade, da inteligente composição do poeta, viajando pelos sentidos das palavras "beijo pouco, falo menos ainda/ Mas invento palavras". Cazuza também inventava. Inventou amores, o "nosso amor a gente inventa pra se distrair". Lucinha continuava o assédio à sensibilidade deles "inventei, por exemplo, o verbo teadorar/ Intransitivo/ Teadoro, Teodora".

O neologismo presente na vida de Duda naquele instante era de outra natureza: qual seria a natureza do amor? O que é o amor? O que é amar alguém? Amar quem? A professora foi longe e voltou em sua viagem interpretativa do poema. Louvou a invenção, a coragem de inventar, a disponibilidade para o novo. Duda concordou com ela e viajou junto: o que é o amor? Quem inventou o amor? O amor pode ser reinventado? Por que Pedro Paulo inventara esse interesse amoroso por ele? De onde vinha isso?

Um retrato em sépia

Entrou correndo feito um pequeno tsunami pela casa adentro depois de tantos anos fechada. Subiu a passos gigantes a velha escada, que rangia com o peso apressado de um adolescente forte e viril como ele. Teve uma vaga lembrança de quando o avô lhe entregara uma bicicleta enrolada em papéis e mais papéis. Ele ria quando o netinho rasgava cada pedacinho em direção ao tesouro natalino.

Naquela tarde de verão quente, quentíssimo por sinal, a lei e a justiça haviam dado por fim o inventário dos bens de seu Jonas e de dona Amélia. A casa amarela na esquina era um deles. As tias, pensando nos resultados da partilha, armaram-se de baldes, panos e vassouras prontas para a faxina e a organização geral. Afinal, no início da semana que estava por vir, a imobiliária Ipanema iria colocar nesse mundo de Deus o anúncio tão esperado do "vende-se". Era mesmo um bom casarão, que ocupava quase meia quadra, contando quintal, jardins, edícula, um quase pomar, garagem e a construção principal. Sem contar o grande e velho armazém, outrora o ganha-pão da família.

Lá estava ele, o nosso herói Tiago, o Tiaguinho de todos, diante do escritório, eternamente fechado, onde haviam deixado alguns móveis dos tempos idos: caixotes com objetos, caixas variadas e um tanto de coisas e coisas que esperavam pelo dia de ganhar espaços novos. Virou a maçaneta e entrou. Abriu a janela para reinaugurar ali ar e luz. Como um Indiana Jones à procura da arca perdida, deu de cara com a velha escrivaninha de seu avô num canto do aposento. Quase ouviu de novo a ladainha de seu pai: "pena que o nosso apartamento seja tão pequeno... um dia ainda eu trago a mesa de trabalho de meu pai para cá... foi lá que eu aprendi a ler e a contar...". Ajeitou melhor alguns pacotes, empurrou algo daqui e dali, arrastou um porta-chapéus e uma cristaleira e, esgueirando-se entre tantas coisas, ficou bem de frente para ela, a escrivaninha. Era simples, de madeira escura, com o tampo todo desenhado de ranhuras, manchas, números e letras, mas com um ar imponente e soberbo. Tinha duas gavetas. A da direita estava semi-aberta. Puxou-a e um pouco de pó levantou-se dela, fazendo um caminho parecido com uma minúscula Via-Láctea em direção à luz da manhã. Nada mais. Estava vazia por completo.

A da esquerda estava trancada. Sem a chave, tentou por várias vezes abri-la com socos, safanões e batidas que costumava utilizar em seu cotidiano para conseguir, invadir, vencer. Desde menino, Tiaguinho sempre fora "terrível", como diziam, além de curioso. Aliás, o pai, o Tiagão, sempre fora fã ardoroso e de carteirinha desse lado chucro do menino. Achava o máximo quando não havia gato, cachorro, galinha e marreco que escapassem de suas maldades. Só o pai é que se divertia com elas. Justificava a todos: "isso é coisa de menino...". O único bicho que o enfrentou nessa história toda foi um ganso vivido no quintal do vizinho. Entre um cutucão e outro, o nosso Tiaguinho acabou levando boas bicadas no bumbum esquerdo, com direito a um belo punhado de manchas roxas. O menino chorou, mas continuou a fazer suas traquinagens a uma gama incontável de exemplares da nossa flora e fauna. Na fase escolar, o garoto já era o terror entre os colegas. Era campeão em arrumar briga, empurrar e bater por nada, sem contar a história de levantar as saias das meninas indefesas e desavisadas, fora ainda o hábito de cuspir a torto e a direito no chão das salas, inclusive na de visitas. O pai dobrara a torcida a seu favor, e mesmo não ouvindo as lamúrias da mãe, que dizia estar cansada de passar vergonha, já vinha com "meu filho é homem pra chuchu..."

Endossado pelo pai, que via o futuro da macheza do filho garantida, Tiago chegou à adolescência e ao colégio com todo esse patrimônio de bobeiras aparentando prova de masculinidade. Melhorou um pouco, mas até hoje ainda ri das desgraças alheias, amedronta e aterroriza os alunos menores, embora alguns professores já tenham conversado com ele sobre essas situações. O que será que os professores poderiam fazer para um quase adulto enxergar melhor o que é conviver numa boa? O fato de correr pelo bairro o comentário de sua galinhagem total com um grande número de garotas da escola e também de azucrinar a vida de um colega de classe, ridicularizando-o em público, imitando-o com trejeitos femininos exagerados, passando-lhe a mão indevidamente no corpo, encoxando-o e outras coisas insuportáveis a qualquer ser humano, fazia Tiago, o pai, dizer "esse é o meu filho..." e dormir em sã consciência com a hombridade do filho salvaguardada.

O burburinho das tias aumentara, depois de algum tempo de quase planejamento. Estavam entre a cozinha e as salas. Subiam ao pavimento superior os acordes do arrastar de móveis e o cheiro de cândida, sabão em pó e desinfetante. Tiago estava lá prestes a aplicar mais um golpe forte e destruidor bem na gaveta esquerda do móvel que guardava tanta história do avô, desde que chegara imigrante e prosperara negociante dos bons. Logo arrumou no abrir de alguma das caixas um pedaço de arame e uma ripa de madeira. Improvisou uma chave mestra e com mais dois safanões a gaveta se abrira num piscar de olhos.

    Lá embaixo, o burburinho das tias continuava. Havia até um cheirinho de bolo de laranja no ar. Puxou um pouco mais a gaveta, e o que viu foram apenas alguns papéis amarelados, selados e carimbados. Mais adentro, como num fundo falso e solto, algumas fotos, um punhado de cartas amarradas. Examinou-as e viu que todas eram endereçadas ao avô e tinham sempre a mesma grafia manuscrita. Suspirou fundo e mais que depressa arrebentou o cordão que as unia. Umas foram ao chão. Dentre elas, apareceu uma foto em tom escuro e marrom. Por que estava ali? Imaginou que seu pai poderia chegar e admirar seu achado. Como sempre. Mais de perto, reconheceu algumas pessoas dos retratos emoldurados e espalhados nas paredes de todas as casas da família. Sentado numa cadeira estava o seu avô, tendo ao fundo um acortinado com estampa selvagem. De pé, com a mão em seu ombro, estava um outro senhor, um pouco mais jovem. Na dedicatória, pôde ler "Com um saudoso abraço do seu estimado primo Augusto" e saber de quem se tratava. Era o tio Gustin, o braço direito do vovô Jonas, que tantos anos trabalhara fielmente e morava na edícula do fundo do casarão. Por que aqueles escritos e fotos estariam lá guardados a sete mil chaves? Como senhor dos códigos, senhas e segredos, Tiago arrebanhou todas as cartas do chão.

    A algazarra tarefeira das tias estava mais perto, devendo agora se instalar no segundo andar, antes mesmo do bolo e do café. Rapidamente abriu uma e outra carta e foi lendo o que pôde, o que deu, o que bastou. Sem pedir licença e nada, entrou na memória de pessoas que não podiam estar ali para lhe contar, explicar e comprovar o vivido. Por um longo instante, percebeu que na trajetória das pessoas há muitos esconderijos, pontos nebulosos, inquietantes. Pareceu-lhe entender que quase ninguém fica impune aos sentimentos humanos. Soube inesperada e inescrupulosamente da velha amizade tão propalada de seu avô e do tio Gustin, seu fiel escudeiro. O que fazer? Num *flash*, veio-lhe à cabeça a cara avermelhada de seu pai. Precisaria refletir...

    Mais que depressa, guardou tudo no fundo da gaveta. Fechou-a novamente o melhor que pôde. Como se ninguém houvera tocado naquelas revelações.

    Quase derrubou as tias que subiam com panos e baldes. Em poucos segundos, Tiago estava lá fora respirando quase todo o ar da rua. "Esse menino!"

Garoto denuncia ameaças

O estudante da última série do ensino fundamental Jorge H. (nome fictício), 15, registrou um boletim de ocorrência na Divisão de Proteção à Pessoa da Polícia Civil de São Paulo.

Jorge H., que se diz homossexual e vem sendo ameaçado de expulsão da escola, diz que recebe ameaças veladas ou diretas desde que um suplemento do jornal publicou matéria com ele, na qual acusa colegas e a direção da escola por preconceito.

"As ameaças vêm por bilhete, por frases escritas na lousa da classe e algumas vezes por telefone. Algumas, mais diretas, são feitas na minha cara. Dia desses fui ameaçado fisicamente e só não apanhei porque tive ajuda do perueiro que me pôs logo na perua escolar e saímos depressa do local", desabafa o estudante.

O delegado da divisão afirmou que vai "acompanhar o caso bem proximamente" e enviar um policial ou investigador de polícia à escola para conversar com a direção. "Fiquei abalado com a entrevista de um aluno da escola que li em uma revista. Ele referiu-se a um certo movimento chamado MMB – Matem Muitas Bichas. Esse tipo de pressão é um absurdo, inaceitável", disse o delegado.

Jorge H. procurou a polícia em companhia do pai. "Tive boa impressão dele, que me pareceu um garoto tranqüilo. Conversamos bastante, e fiquei incomodado com o caso. Estamos em uma democracia, e é inaceitável que as pessoas da escola excluam um aluno dessa forma."

Pior do que isso: os alunos da escola enviaram para o jornal um abaixo-assinado com cerca de duzentas assinaturas dando respaldo para a direção no seu intento de expulsá-lo.

A escola defendida pelos outros alunos

Leia abaixo alguns trechos da carta enviada pelos alunos ao jornal.

"O colégio não é preconceituoso, nunca foi, nem é conservador. O problema real não está no fato do aluno ser homossexual, mas no ruim que tudo isso pode causar para os demais alunos. Além disso, um de nossos amigos vem sendo assediado por ele e isto tem causado aborrecimento a todos. Nada temos contra o homossexualismo, mas estamos contra a postura dele. (...) É constrangedor.

Para todos. As brincadeiras são inevitáveis. (...) Todo mundo sabe como são os adolescentes. Não se controla isso. E não estamos entendendo que é preconceito, pelo contrário, é uma atitude saudável de preservar as pessoas. As brincadeiras são normais nessa idade e em nossa escola. O outro, o assediado, vem sendo a vítima, apesar de ter sido incomodado. Mesmo assim, respeitou a opção homossexual do colega. Apesar do assédio, nunca o desrespeitou nem fez uso de brincadeiras violentas ou agressivas. (...) Não somos contra o homossexualismo. Pelo contrário, até respeitamos, mas não queremos o nome da escola envolvido nisso, com fotos, entrevistas e propaganda ruim. Depois disso, nosso cotidiano está tumultuado, acabou o nosso sossego."

O diretor da escola manifestou-se dizendo que tirar o Jorge H. da escola era uma atitude positiva para ele que estava sofrendo muitas ameaças e brincadeiras preconceituosas. Procurado por nossa reportagem, o diretor, e nenhum professor, quis gravar entrevista e falar sobre o caso.

Jorge H. disse que a situação está muito mais difícil depois que a matéria do jornal foi publicada. "Agora nem a coordenadora da escola nem os professores que falavam comigo querem mais conversa. Sinto-me totalmente isolado."

Novos planos

Jorge H. diz que no ano que vem sua família pretende se mudar para outra cidade, bem longe daqui, para esquecer tudo isso. "Vai ser ruim, no começo, me acostumar com tudo, fazer novas amizades, mas não vou deixar de lutar pelos direitos do homossexual e ser respeitado por isso. Acho que a minha luta vai ajudar um pouco a desmascarar essa farsa de que não há preconceito no Brasil."

Sobre o Serginho, o garoto por quem Jorge H. se apaixonou, diz que "vou tentar esquecê-lo, deixar isso para trás, e buscar nova vida, um outro amor, se for possível, que não me machuque tanto."

Procurado na Câmara Municipal da cidade, o vereador que recentemente se manifestou contra os homossexuais não quis responder perguntas da reportagem.

(FGR – Caderno Jovem páginas 6 e 7)

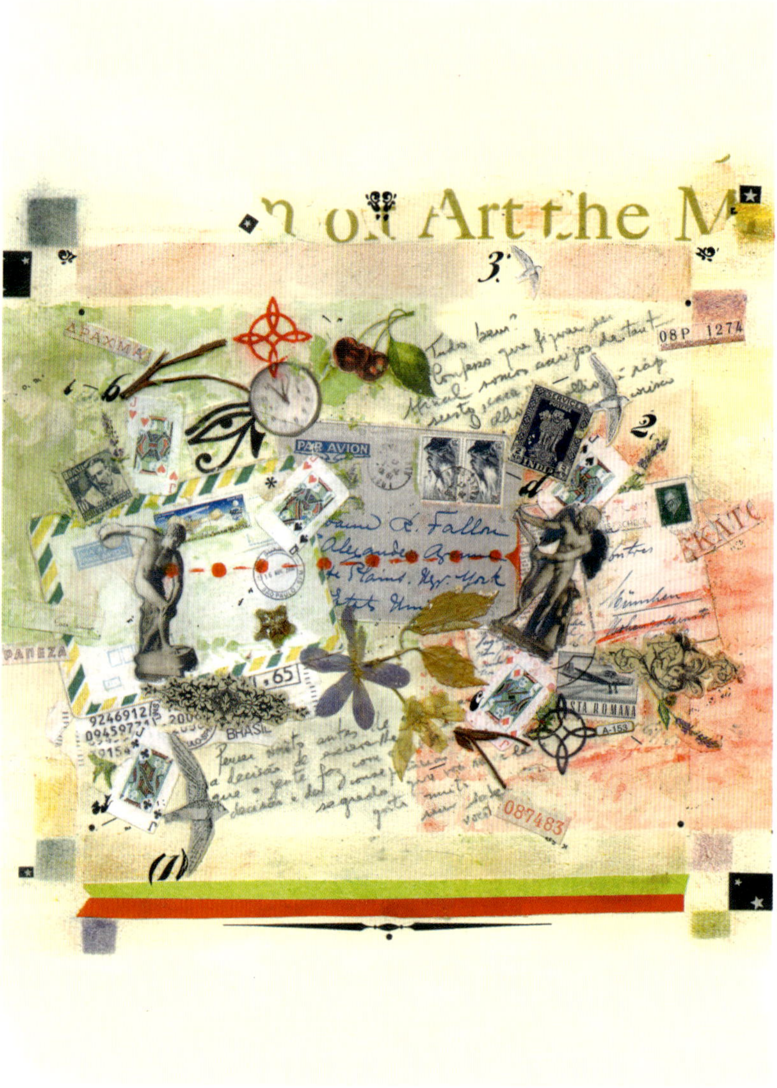
Art the
08P 1274
PAR AVION
BRASIL
A-153
087483

Croquis de dois masculinos: um salto incandescente no silêncio do espelho

Era noite de sexta, avançando para a madrugada do sábado. Duda estava na festa de aniversário de Vitória. Tinha ido mais para não ficar em casa, sem programa, à frente da telinha da tevê, imbecilizando-se, do que por vontade mesmo de encontrar os amigos. O pessoal falava, ria e mastigava uma carne assada pelo Zeca, o churrasqueiro da turma, e bebia as cervejas cotizadas. Duda mantinha apenas a aparência. Interessava-se pelas piadas, pelas gozações, pelas suposições e outras conversas, sempre acima do tom normal, apenas para manter-se ligado.

No bolso, um pequeno pedaço de papel, um bilhete sem assinatura, mas que ele sabia de quem era, acendia sua inquietação. Tanto que Duda quase não tirou a mão esquerda do bolso, nervosa, que insistia em segurar o papel, como se quisesse, com essa providência, garantir que o bilhete não saísse do bolso, ganhasse vida própria e não lhe criasse nenhum constrangimento.

O grupo de amigos foi-se animando, alguns poucos casais se formaram ou se firmaram, a conversa ficou mais alta e a carne assada acabou. Duda só deu conta que a festa havia acabado quando Vitória chamou-o, tirando-o do sono gostoso em que se embalara no sofá. Acordado e assustado com sua deselegância, Duda perguntou meio sonolento que horas eram e ouviu uma resposta displicente, de fim de festa: "Sei lá... já é bem tarde... todo mundo já foi embora". Duda desculpou-se e ela respondeu: "Que nada... você perdeu o melhor da festa". Apressado, ele foi embora. O bilhete continuava no bolso, seguro pela mão esquerda, queimando suas preocupações, agitando suas inquietudes.

Se tivesse tido coragem e lido o bilhete, nele encontraria não mais que uma ligeira provação.

Duda não sabia nada de Narciso, mas teria gostado de saber um pouco mais sobre esse mito. Acharia interessante saber que Narciso apaixonou-se por uma imagem desenhada na água à sua semelhança. Um masculino apaixonado por um masculino. E toda uma vida dedicada à procura desse amor.

"essa sua carta na minha mão
delicada e fria
para um guerreiro sensível além da dor
flechas de sol"

Duda começou a prestar mais atenção naquela pressão interna que se instalara em sua vida. Teve a nítida percepção de que tudo ficara mais pesado desde o exato momento em que recebera a primeira carta. Mais pesado ainda pelo fato de que até então não tivera a mínima coragem de respondê-la. Nem a segunda. Ou de tomar uma atitude qualquer a não ser o marasmo. Em sua cabeça, infinitas linhas, parágrafos, interrogações, digressões, conclusões temporárias... Encarar aquela situação não estava sendo nada fácil... Não conseguia ter clareza sobre o que se passava em sua cabeça. Não sabia exatamente o que se passava com ele e o porquê de toda aquela situação o incomodar tanto... Nem a festa havia curtido como antes! Havia sempre um misto de ansiedade e medo em meio a toda a alegria da festa. O motivo de sua insegurança e mistério o perseguia. Ficou surpreso com seu sono em meio à bagunça de todos e a zoeira do som...

E agora seus olhos imensos, abertos em direção ao infinito, buscavam ainda soluções, pistas, caminhos... Sentia-se de fato sempre perdendo o melhor da festa... Será que o pessoal todo percebera o que estava acontecendo? Sentiu falta de uma pessoa com quem se abrir e contar sem censuras aquele fato novo em sua vida. Parecia assédio, mas não era. Era uma revelação, uma descoberta. Algo novo. Precisava se abrir com alguém, alguém superlegal. Isso era certo, definido. Mas, quem? Quem teria a cabeça e o coração abertos para ouvir toda essa história maluca e ajudar a dar um movimento preciso de decisão?

Afinal, o que levara Pedro Paulo a agir daquela forma... misteriosa, forte como um salto mortal? E a amizade, o convívio desses anos todos... Jogar tudo isso fora? Teve uma breve idéia de querer saber se isso acontecia também com mais pessoas. E se fosse algo como gripe, febre virótica, surto passageiro?

Pensou que na escola não podia contar com ninguém... o preconceito inundava tudo e seria praticamente impossível encontrar alguém pronto a entender esse tipo de sentimento que não se enquadra dentro do padrão regular, normal, aceito. Haveria um julgamento geral e rápido e tanto ele como Pedro Paulo seriam punidos através das mais diversas formas de massacre do dia-a-dia de toda gente: risinhos disfarçados, comentários irônicos, exclusões e uma gama interminável de atitudes agressivas e desumanas que envergonharia até uma galinha.

Em casa, nem pensar. Ninguém infelizmente estava preparado para escutar deveras a voz do coração. As pessoas das famílias vêem tudo enviesado e torto, e acabam não entendendo que algumas pessoas do mesmo sexo podem até se gostar. De um outro jeito. Algo sério, comprometido. Não que fosse o caso dele. Mas era o de Pedro Paulo, que se apaixonara, não ele... Mas, mesmo assim, lidar com essa situação perturba e tira qualquer um do ar...

Nessa hora, também pensou nos amigos. Sempre escutara que amigo é para essas coisas, mas nessa hora não funcionava assim. Amigo é para algumas coisas... todas, não. Meio num mato sem cachorro e sem confidentes, pensou que ele também acabara aceitando essa situação da vida regular das pessoas. Nunca fizera algo que não fosse a expectativa da família e da escola, e agora estava precisando agir assim sem medo, sem se esconder...

E acabou pensando que no caso de agir rápido teria de dar um jeito de falar mesmo é com a Lucinha, a professora de língua portuguesa. Olhando para o teto do quarto, sem dormir, sem véu e sem fantasia, sentiu que ela era a única pessoa da Terra que poderia dialogar com ele naquele momento turbulento de sua vida. Pensou e suou frio caso tivesse de ter um diálogo cara a cara com seu algoz amoroso... não estava preparado para lidar com isso. Terminar a amizade também não resolveria... agiria contra a ética que estava descobrindo. Ir ao encontro do sentimento do amigo lhe dava uma idéia de uma coisa absurda e praticamente impossível. Um buraco negro. O sangue parecia virar ao contrário em seu corpo...

Levantou de novo. Olhou bem nos próprios olhos refletidos no espelho do banheiro. Escovou os dentes com bastante força, a ponto de deixar a espuma dentifrícia ficar rosada de desespero. Abafou a claridade da manhã e cobriu-se. Dentro de sua cabeça, desenhou-se uma idéia que lhe parecera mais objetiva. Precisava se informar um pouco mais sobre o sentimento amoroso das pessoas. Talvez algumas leituras sobre esse assunto. Assim, a conversa com a professora Lucinha, se houvesse, poderia render mais.

Pensou mais. E se respondesse logo às cartas do amigo? Mas responder o quê? Será que não valeria a pena tentar?

A casa, a rua, a cidade estavam num silêncio inquietante. Pressentiu os relampejos de um dos jogos da vida.

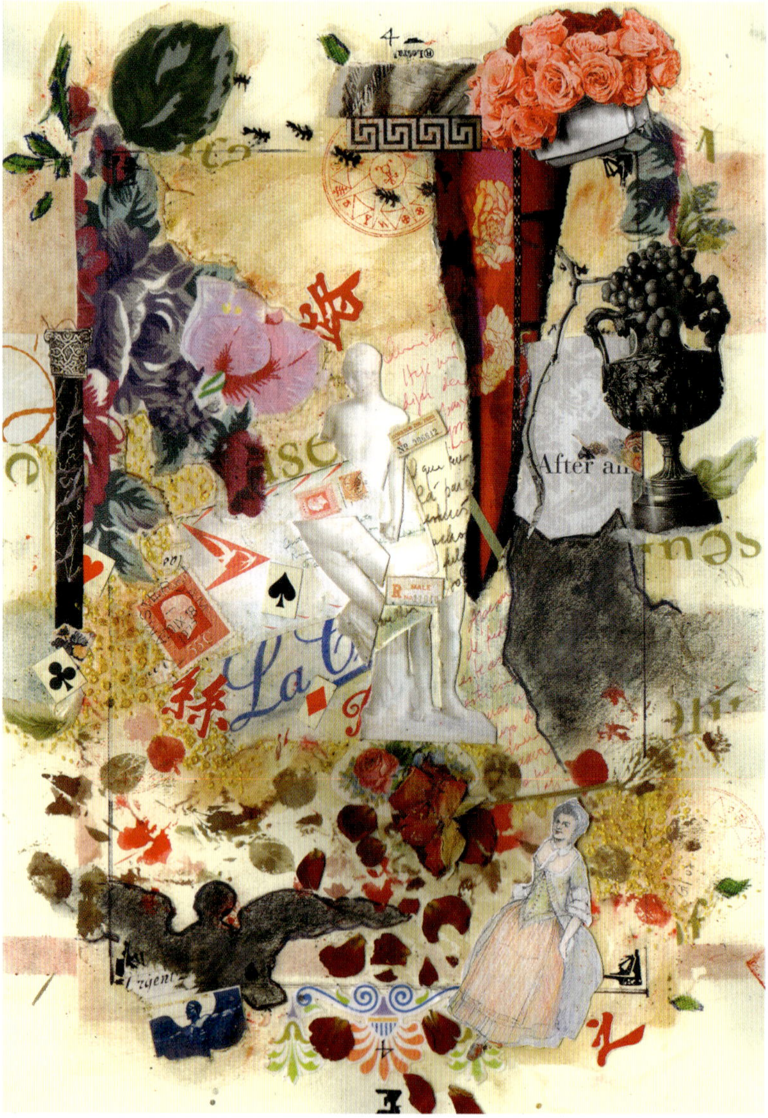

Ecos e esfinges:

primeiras texturas nos

labirintos

da dor

Pedro Paulo,

Tudo bem?
Confesso a você que fiquei muito surpreso com as suas cartas.
Não esperava. Mesmo.
Afinal, somos amigos de tanto tempo, conversamos sobre tantas e tantas coisas, e agora levo esse susto, cara.
Na carta, a conversa é diferente. É leve e ao mesmo tempo drástica. O olho no olho é rápido como um corisco de vida. Na carta, não. Tudo fica suspenso. As palavras são como filmes para ver e rever.
Cada um fala a seu tempo e a seu gosto. O emissor fala como quer, como se estivesse num palco só seu, e o destinatário ouve, com todo o seu silêncio estrondoso e todas as suas falas latentes.
Bem, não quero ficar enrolando, não... Só eu sei como é difícil agir assim. Até agora estou um pouco confuso, assustado até.
Não tive a coragem de encarar você para falarmos abertamente sobre o que está acontecendo. Entrei no jogo da correspondência na ilusão de que tudo seja mais leve, menos pesado do que esse sentimento de culpa e espanto.
Você já imaginou o que vão pensar nossos amigos, colegas e familiares quando ficarem sabendo disso tudo?
Não tenho muito que falar sobre o que é gostar com amor de um amigo da gente. Até agora, eu via você só como amigo. Agora é diferente. Isso muda o nosso jeito de pensar e de viver. Fora que é complicado. Parece que falta uma lição de vida que ainda não aprendemos.
Fiquei incomodado, estou até agora, mas achei que você teve grande coragem em levar adiante essa situação que está acontecendo com você.
Não sei o que pretende, mas apesar de tudo penso que não quero deixar de ser seu amigo, embora agora seja mais difícil, não é? É o que posso lhe dizer agora, meu caro.
Acho também que não posso lhe dizer muita coisa sobre essa forma de amar diferente do que costumamos ver. Acho que é preciso muito cuidado para não sofrermos com isso.
Espero que você compreenda o meu lado. Vou ficar é na minha.

Duda

P.S. Gostaria que você queimasse essa carta depois de lê-la. Acho melhor...

Duda olhou para todos os lados possíveis e imagináveis. Chegara mais cedo do que costumava. Nem seu café com leite havia tomado direito.

Dera um ou outro gole para despistar a curiosidade de sua mãe, que já tinha perguntado uma ou outra coisa de mães. O pai só tinha olhos para o jornal e fala de estátua. Pensava mais nos negócios do que no trivial da vida. A irmã, sonolenta e esperta, pensava coisas de seu umbigo e ainda iria comer muito mais da mesa antes de despertar em plenitude.

Saiu para a escola, como sempre.

Foi por um caminho que fizera várias vezes, agora com novo sentido. Que caminhos enviesados estava fazendo? As árvores eram as mesmas, as folhas secas no chão ainda se acumulavam naturalmente, o sol ia-se revelando no mesmo lugar, os cachorros iam latindo com seus passos apressados... No silêncio de sua atitude escondida, pôde sentir algum olho mais íntimo acompanhando tudo. Algo, alguém de soslaio testemunhava o que fazia. Deixou o envelope lá onde sua imaginação e seu sentimento imperioso queria deixar, às escuras, debaixo da porta, como um carteiro anônimo e fora de hora...

No pátio, circulavam mais formigas ao sol do que alunos à espera das aulas. Faltava quase meia hora para o portão abrir-se.

O rascunho da suposta resposta ao Pedro Paulo tinha ficado pronto. Passada a limpo, agora estava entregue. Acompanhando o zigue-zague das formigas, relembrou sua tarefa de escrita e reescrita na noite anterior. Achava que devia fazer alguma coisa. E fez. Senão, não poderia dormir. Tinha medo do que acontecia e muito mais medo ainda tinha do que poderia acontecer. Daí a carta-resposta às pressas, noturna. E a entrega na calada do nascer do dia.

Com zelo de guardador de rebanhos, leu e releu seu rascunho amassado. Achava que não estava nada, nada bom. Mas era melhor do que não mandar. Fez o mesmo que o amigo havia feito. Tinha deixado a mensagem escrita passada a limpo e com ela a quebra do silêncio de dias e dias. Não suportava a idéia de covardia. Precisava sentir um pouco de alívio em meio àquela tormenta toda.

No meio da confusão da entrada da escola, naquela segunda-feira mal dormida, vislumbrava a carta-resposta sendo encontrada, os perigos, as reações, o contra-ataque... Jogou os pedacinhos de papel no fundo do lixo. Segredos despedaçados. Com as mãos queimando em suor e tremedeira, percorria seu próprio labirinto de sofrimento e curiosidade. Agora era aguardar o lance daquele jogo misterioso e delicado que havia explodido em sua vida.

Por um instante, titubeou pela idéia da espera e de falar primeiro com a professora Lucinha. Ou quem sabe esperar que um anjo guardião descesse de uma nuvem qualquer e resolvesse tudo aquilo num passe de mágica divino, e tudo ficaria bem, tudo em seu devido lugar, ninguém sofreria um arranhão sequer. A última aula seria exatamente a dela, provável futura confidente. O que será que ela traria para a classe refletir naquela segundona chata de doer?

Faltavam alguns minutos para o sinal soar e estender-se por todo o colégio como sempre. Fosse o que Deus quisesse...

As formigas já haviam adivinhado que muitos passos ameaçadores estariam por chegar. A maioria delas já estava mergulhada no interior da terra.

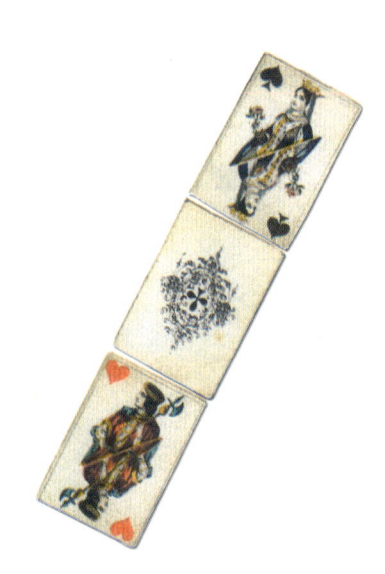

NOP
L
La Sepulvedana, S. A.
C. I. F.: A-40000473
VIA-MADRID
3.
LÁMPÁT A KERÉKPÁRRA!
1 Ft MAGYAR POSTA
IMPORTE
FECHA
SALIDA
COCHE
ASIENTO
HORAS
M
4
№ 0012204

5

Outros aparatos e estratégias para enfrentar alguns monstros a nossa volta

"Dona Cotinha gritava para Dona Guida que vida mole não havia.
Havia dor
Dor comum e pungente.
De quando em vez as alegriazinhas perfeitas
Escondidas dentro dela
faziam alarde.

Desnorteante era lidar com os destinos de Andrezinho,
perdido em pílulas e pós.
E o de Madalena
inaugurando em cada esquina, feito festa do padroeiro,
um novo amor feminino.

Modernidade atroz!
Meu São Crispim…Valei-me!
Virgem Maria, quero meus filhos seguindo o normal."

(Bilhete da Dona Eulália para Duda, debaixo do travesseiro)

Eduardo, meu filho,

Ando meio preocupada com você, que anda pensativo, casmurro e fora do ar. Faz um tempinho... Quis conversar na sexta passada, hoje, mas você nem tchum... Quase não te vejo. Quando percebo, já saiu. Quando volto do trabalho, você fica só trancado no seu quarto, seu mundinho. O que é que há? Fale comigo, meu filho.

Mamãe te ama... De montão...

(Bem no fundo do coração da mãe)

Tem umas coisas na vida da gente que a gente só consegue conversar com elas quando estão bem lá no fundo do coração, escondidas, guardadas, trancadas. O comportamento do Eduardo é uma dessas coisas. Eu não gosto nem de pensar, quanto mais de conversar com alguém sobre isso. Com ele, nem pensar. Como é que eu vou chegar e puxar uma assim com ele: "Eduardo, meu filho, você nunca namorou, eu nunca vi você com uma menina, como todos os outros meninos da sua idade... Você não gosta de nenhuma delas? De nenhuma? Você nunca se interessou por uma menina, como todo homenzinho de sua idade? Os outros amigos seus estão sempre pendurados em meninas ou com meninas penduradas neles. Por que você é diferente?". Como vou conversar isso com ele? De que jeito? E se for timidez, se for bronca das meninas, se é porque nenhuma delas... Difícil. E se for uma doença? Tem gente que é doente, que não consegue gostar de uma coisa ou de outra... Tem gente que gosta só de uma parte do corpo... Sei lá. Tem tanta coisa nesse mundo de Deus. Isso me dói e é por essa razão que quase nem quero pensar nisso. Mas fica latejando lá dentro, bem no fundo do coração. E coração de mãe não se engana. Tem coisa errada no comportamento do Eduardo...

Duda estava, por hora, livre da primeira façanha de enfrentar seu monstro amigo apaixonado e impetuoso, mas começava a sentir um incômodo crescente e tão torturante quanto o que havia se instalado logo após a reveladora missiva de Pedro Paulo. Agora havia a expectativa da reação, da contrapartida, do revide. Como estratégia de uma guerra, em que é preciso ganhar batalhas e voltar triunfante ao centro cômodo e tranqüilo da vida comum, mesmo que sem sal e sem açúcar, mas comum, regular, corriqueira.

O silêncio de Pedro Paulo, que durava uns bons dias, também o deixava inquieto, nervoso e desatento, pronto a ser surpreendido por qualquer cilada ou qualquer emboscada desse jogo de sedução. E, ainda mais, ele começava a sentir-se como peixe fora d'água, navio sem rota, estrela solitária ante a rotina de casa e da escola. Sua mãe, tudo bem, até dava para enrolar com alguma conversinha fajuta ou um bilhete adocicado, e tudo ficaria bem, pelo menos por uns tempos. Mas e o pessoal? Será que estavam lendo alguma estranheza em suas atitudes? Será que seu ensimesmamento o deixara fora de captar isso? Quantas emoções destrambelhadas!

Começara, dentro de uma monotonia obrigatória, a examinar a si e a tudo com uma curiosa paciência. Recuara alguns passos, mas fincara os olhos na revelação de algo possível, um gesto de proteção. Tentava inconscientemente enxergar um novo rosto, uma senha salvadora, uma porta no azul.

Tudo parecia estar suspenso.

Não havia sossegado com o quase desaparecimento do amigo, o que era de se esperar. Mas não, aquele sumiço provisório o deixava tenso. Encurralado. Talvez ele até tivesse ido viajar, coisa que gostava de fazer e muito. Ou teria ficado adoentado diante daquela baita crise existencial. Achava mesmo que a debandada do amigo amoroso era mesmo uma estratégia de se preparar para um ataque surpresa. Ufa!

Mesmo assim, Duda procurava agora se infiltrar nos conteúdos das matérias escolares que quase sempre tinham pouco de interessante. Mas precisava encher a cabeça de novos conhecimentos. Já se programara. Depois das aulas, quando não tivesse educação física, engoliria um cachorro-quente ou um misto, um guaraná ou suco de acerola e depois era procurar saber um pouco mais de alguns assuntos polêmicos bem ali na biblioteca do bairro, que havia tantos anos fazia o bem para a comunidade sem botar alarde nenhum. Precisava se preparar. E achava que a munição do conhecimento poderia deixá-lo mais forte e lúcido para superar o que estaria por vir.

Deixara na pasta de rascunhos de sua cabeça efervescente a idéia de abrir um diálogo com a professora Lucinha. Repensou rapidinho. Uma coisa por vez, até onde desse para agüentar. Achava que sua vida estava ficando quase de ponta-cabeça, de pernas para o ar... um inferno.

No intervalo, ficou com a turma de sempre. Zoeira de cá, risos de lá, folia geral. O pátio, a cantina e o pequeno espaço verde quase praça com banco e tudo do colégio funcionavam como um breve jardim das delícias. Um fôlego para enfrentar a vida cantando lá fora e a vida zunindo dentro da gente. Vitória contava de sua festa, exibia alguns presentinhos que ganhara das amigas metidas a riquinhas. Zeca comia feito um lobo carente de bolo fofo. Chamou várias vezes todo o pessoal para o *skate* do dia. Inclusive o Duda. Manuela aspergia seu perfume lancinante de mulher desabrochando para quem quisesse sentir. Sobretudo o Duda. O Júnior falava da derrota do time e apresentava à galera, especialmente para o Duda, a nova aluna transferida de Goiás, a Maria Cândida, que de candura nada tinha. Muito comunicativa, foi logo conversando com todo mundo e deixando muita gente boquiaberta com seus comentários nada cândidos e nada angelicais...

Veio o sinal lazarento e fatídico, acrescido das palmas e chamamentos de seu Zé. Veio a quarta aula chata e sem graça de sempre. Não conseguia se atinar na fala do professor Nilton sobre conhecimentos algébricos. A última aula seria enfim da professora Lucinha. Ela gostava de preparar surpresas...

"Cabeça, em maresia,
Ergue a mão, e encontra hera,
E vê que ele mesmo era
A Princesa que dormia."

(Fernando Pessoa, in *Eros e Psiquê*)

A professora Lucinha entrou elegante como sempre. Trazia na mão sua bolsa costumeira, sua sacola de coisas e coisas, livros e livros... Deixou com cuidado sobre a mesa um enrolado de tecido grosso com alguns barbantes e fitilhos coloridos saindo para fora. Olhou para todo mundo e logo percebeu um ar de cansaço e de saco cheio nessa troca costumeira de olhares. Mas sentiu haver mais de mil interesses circulando nesse mesmo ar. Sabia que naquelas alturas o maior deles era sair dali e ir para qualquer lugar livre e aberto e com ar mais respirável.

Sem receio de não ser ouvida, começou a falar dos sentimentos que nos humanizam e nos tornam iguais, se bem que diferentes pessoas. Falou do nosso cansaço físico primeiro e, depois, das nossas fomes, das nossas dores, dos nossos sentimentos, desde os pequenos, passando pelos ridículos, pelos grandiosos e pelos sobre-humanos. Até que chegou no amor, nossa origem, nosso destino, nosso desenho humano. Foi que foi até que sua mão deslizou pelo enrolado cartaz que foi aberto, exposto. Lemos e lemos o que nele estava escrito e um estranhamento geral inundou a sala com uma certa pitada de curiosidade também. Apresentou-nos o poeta Pessoa, Fernando Pessoa. Falou dos diferentes poetas, dos diferentes autores coexistindo no fazer poético desse poeta português, os famosos heterônimos. Falou tudo isso de um jeito peculiar, como quem fala de um pudim saboroso que um vizinho amigo faz e com que nos presenteia.

E, se não bastasse, olhando de vez em quando para a cadência do relógio, falou um pouco de mitologia na idéia de ajudar a entender o poema e, por que não, ajudar a compreender melhor os sentimentos humanos. Como se saber dos mitos fosse um código ou uma ferramenta útil na busca eterna sobre o que nos dá sentido e o que nos perpetua. Mostrou com delicadeza e precisão uma imagem de um jovem alado quase beijando uma diáfana jovem. Falou de amor, desamor, ciúme, paixão, desejos, sexualidade. Acabou contando a lenda de Eros e Psiquê, o que deixou todo mundo super na dela, superconcentrado, substituindo o clima pesado do início que foi ficando, aos poucos, sonhador. Ela sabia fazer todos se interessarem por seu discurso calmo e fascinante. A professora Lucinha era dez!

No pensar de Duda, já havia selecionado alguns itens para suas leituras da tarde na biblioteca. Algo sobre Fernando Pessoa parecia lhe despertar o interesse, algo que parecia esconder seu furor sexual, homossexual, pansexual em seus heterônimos ou coisa assim. Algo também sobre mitos, essas alegorias sobre os sentimentos humanos mais profundos.

Duda ficou absorto e temeroso com o texto trazido pela professora, futura confidente. Quase no finalzinho da aula, a última leitura do panô-poema-cartaz incendiara em sua cabeça uma outra incógnita questão: que será que o poema, a professora Lucinha e a literatura portuguesa queriam dizer com a história do infante descobrir-se ele mesmo princesa adormecida?

Idéias no ar, como bolhas de sabão. O sinal soou bem forte.

Na lousa, a professora, sabe-se lá por quê, escreveu, antes de se retirar:

Quem não quer sofrer, que não ame.
Quem não quer viver, que não ame!

Mais uma provocação para a ansiedade de suas emoções.

Fora da sala de aula, a primeira coisa que fez, antes de olhar para todos os lados, feito detetive à procura do próximo invasor, foi molhar-se abundantemente no bebedouro do banheiro. Zonzeira total...

6

Desejos

ardentes e mais que

apressados:

pistas, soslaios,
álibis

Não era uma carta, tampouco um bilhete. Apenas um pedaço de papel, como tantos outros pedaços nos quais a vida é dividida. Um pedaço de papel desbotado, quase amarelo de tempo, tão cheio de perguntas, de indagações, de dúvidas, de curiosidades, de pontas ferinas de objetos cortantes. Apenas duas perguntas, o resumo de uma vida na resposta possível. Duas angústias que se juntavam em uma só e amarravam os nós de sua garganta.

VOCÊ ESTÁ FUGINDO DO QUÊ E DE QUEM?

Duda arrastava o pedaço de papel para todo lado que ia. E, mesmo quando ficava esquecido no bolso de uma camisa ou no meio de páginas de cadernos, de livros escolares, a pergunta não se calava. Zunia intermitentemente.

E continuava fugindo.

"Há-de ser Outro e Outro num momento!
Força viva, brutal, em movimento,(…)"

Florbela Espanca, in *Eu não sou de ninguém…*

Costurando um diálogo

— Algum problema em especial, Eduardo? Seus olhos estão inquietos. Passou a aula toda meio perdido.

— Não, professora. Quer dizer, sim…

— Sim e não. Tanto faz… ambos moram conosco o tempo todo. O que o aflige?

— O amor…

— Que bom. Pior se fosse outro sentimento. O ciúme, por exemplo, ou o ódio, a raiva, a inveja. Tanta coisa ruim. Melhor ser o amor, mesmo que aflija e faça doer. Ame… faz a vida ficar mais gostosa…

— Não é isso, professora.

— Ué... você acabou de dizer que é o amor que o aflige...

— Mas não estou amando... não sei se estou amando... não sei qual é o objeto do meu amor...

— Não seria uma pessoa? Se não for... bem, aí as coisas ficam mais complicadas.

— É uma pessoa. Quer dizer, deve ser uma pessoa. Mas quem?

— Se você não sabe, quem poderá saber?

— Eu sei... não sei... acho que sei, mas não quero saber...

— Nossa, Eduardo, isso está pior do que qualquer mortal possa imaginar. Afinal, o que te aflige, rapaz?

— Quem se pode amar, professora? Eros ou Psiquê?

— Humm... pergunta básica, Eduardo. Básica. Eu também não sei a resposta. Quem poderá dizer quem pode ser amado ou amada senão o coração? O que diz o seu coração?

— Meu coração?

— É... o seu coração. O órgão responsável pelo escritório do amor? O que ele diz?

— Ele me diz que devo amar... devo amar quem eu escolher para amar...

— ... sem se importar, seja Eros ou Psiquê...

— ... é.

— Então...

— Mas...

— Você não tem escolha, Eduardo. Ame e ponto.

(Bem no fundo do coração da professora)

Tenho quase certeza de que esse garoto está se queimando em suas dúvidas com relação à sua orientação sexual. Minha experiência de trabalho com essa garotada não me engana. Ele está com medo, dúvida, perdido entre o corpo de homem e o sentimento feminino. E, sem ajuda, não sabe para que lado vai. Não deve ter espaço em casa para discutir ou colocar seus tormentos. Com os amigos, quase sempre um grupo machista, não tem chance, e na escola... ah!, na escola, na maioria das vezes, costuma ser pior, bem pior. Quantos deles eu vi afastar-se dos amigos, afundar-se em desempenho ruim na escola, isolar-se dentro de casa, do quarto. Um quadro parecido com uma "enfermidade", daí muita gente confundir esse período tormentoso com uma doença. Bem, de minha parte, vou tentar "sair do meu armário" e ajudá-lo. Vou começar dando a ele o texto que o professor Amir, da escola do muro pintado, escreveu e distribuiu para seus alunos lerem.

Duda mergulhou de cabeça na pesquisa que havia se proposto a fazer naquele tarde. Pediu para a bibliotecária, uma senhora aparentemente muito séria de nariz meio empinado, mas gentil, que foi lhe entregando em ondas leves um amontoado de livros. Por temas, a senhora ia-lhe entregando em meio a goles de chá este, mais este e mais aquele. E de lambuja ela sugeria mais um e outro que achava interessante. De rabo de olho em todos os movimentos de Duda, logo foi dizendo seu nome para quando ele precisasse: Genoveva.

Duda nunca lidara com tantos livros ao mesmo tempo. Tinha dificuldade, mas foi lendo um pouco de cada assunto, inteirava-se do que o autor informava, voltava um pouco ao sumário, ao índice, e ia selecionando e separando os que estavam mais perto de seu interesse. Genoveva facilitara a primeira seleção.

Começou com Fernando Pessoa. Leu um pouco de sua biografia. A história de o poeta escrever com vários pseudônimos o deixara perplexo e o instigava a saber mais sobre isso. Como é que uma só pessoa podia ser tantas outras? Lembrou-se da idéia da coexistência. Leu um ou outro poema dentre a imensidão existente e escrita pelo múltiplo poeta. Achou alguns difíceis, quase ininteligíveis. Era um estranhamento diferente que fazia virar a página e prosseguir. Gostou de cara de alguns que falavam mais de perto do homem e de sua relação com a Natureza. Parecia estar mais preparado para entender os de Álvaro de Campos, um dos heterônimos. Ao mesmo tempo, pensava que talvez a história de seu amigo Pedro Paulo também pudesse ter algo semelhante aos diversos eus de Pessoa...

Tocou o barco da pesquisa.

Com a ajuda da Genoveva, que em poucos minutos havia colocado na mesa uma pilha de material de pesquisa, leu alguns tópicos relacionados à mitologia. Primeiro leu algo sobre mitologia grega e romana e foi percebendo que, embora houvesse variações e diferenças nos modos de contar sobre as personagens mitológicas, todas elas acabavam por simbolizar os sentimentos e os mistérios humanos. Ficou impressionado com a história de Eros e seu encontro com Psiquê, revelando o poder do amor e dos desejos.

Deteve-se, no entanto, na lenda de Narciso. Entendera que desde os gregos a questão da homossexualidade já era presente. Leu, releu e, embora houvesse dúvidas, havia percebido que o mito de Narciso botava em discussão o amor excessivo do indivíduo por ele mesmo e daí a perturbação de ordem sexual, pelo fato de buscar-se a si mesmo no outro, vislumbrando então a homossexualidade. Mais uma vez, pensou que fazia sentido com o que acontecia em sua vida.

Resolveu tirar xerox de alguns tópicos. Queria estudar, pensar melhor sobre as idéias ali escritas. Mas teria de voltar e reler para compreender melhor tudo aquilo que, embora tão antigo, se abria como algo tão novo, tão atual, espelhando a vida presente. Entendera mais de perto o que significava aquela expressão que a professora Lucinha tanto falava, da pluralidade de sentidos. Naquela simples história de um rapaz bonito que se apaixona pela própria imagem no espelho das águas, pôde refletir com seus botões coisas que todo mundo pode sentir e sente: a vaidade, o egocentrismo, a perversidade, o poder da beleza, o instinto de autopreservação; enfim, a homossexualidade, essa condição e capacidade humana de amar entre iguais.

Com passinhos de gato, Genoveva, com o nariz mais que empinado, se aproximara, dando leve toque no ombro de Duda com unhas bem feitas e supervermelhas. Faltavam vinte minutos para fechar e ela já tinha lavado a garrafa térmica. Tinha então de recolher os livros e fechar a biblioteca. Disse que poderia deixar tudo ali mesmo, separado, para ele continuar no outro dia. Tudo bem. Foi para casa, já noitinha, com as cópias para reler. Imaginou-se num cenário mítico onde tudo vai acontecendo ao sabor endeusado e misterioso dos desejos humanos.

(Bem no fundo do coração da bibliotecária)

Menino estranho esse. Não é como os outros. Os outros vêm aqui atrás das meninas, não querem saber de livro coisa nenhuma. São apressados, agressivos e buliçosos. Esse é calmo, educado, como uma menina. Uma bichinha, como os outros linguarudos dizem; maricão, como se dizia no meu tempo de garota; homossexual, como manda a educação do politicamente correto. Bem, deixa ele pra lá... cada um com seus problemas, como diz meu tio Cazuza. E eu já tenho os meus, que são muitos. Mas dá pena. Não deve ser fácil descobrir sozinho que seu barato é outro, diferente do que se espera dele. Ufa!

Narciso

O mito de Narciso, surgido provavelmente da superstição grega, segundo a qual contemplar a própria imagem prenunciava má sorte, possui um simbolismo que fez dele um dos mais duradouros da mitologia grega.

Narciso era um jovem de singular beleza, filho do deus-rio Cefiso e da ninfa Liríope.

No dia de seu nascimento, o adivinho Tirésias vaticinou que Narciso teria vida longa desde que jamais contemplasse a própria figura. Indiferente aos sentimentos alheios, Narciso desprezou o amor da ninfa Eco – segundo outras fontes, do jovem Amantis – e seu egoísmo provocou o castigo dos deuses.

Ao observar o reflexo de seu rosto nas águas de uma fonte, apaixonou-se pela própria imagem e ficou a contemplá-la até consumir-se. A flor conhecida pelo nome de Narciso nasceu, então, no lugar onde morrera.

Há outra versão do mito. Narciso contemplava a própria imagem para recordar os traços da irmã gêmea, morta tragicamente. No entanto, foi a versão tradicional que se transmitiu à cultura ocidental por intermédio dos autores renascentistas.

Na psiquiatria e particularmente na psicanálise, o termo narcisismo designa a condição mórbida do indivíduo que tem interesse exagerado pelo próprio corpo.

Descuido imaginário: sonho ou pesadelo?

Vitória e Manuela aproximaram-se de Duda, de mãos dadas, os olhos brilhando, um jeito de cumplicidade, uma vontade de contar um segredo, de abrir os corações. Foram chegando, sem perguntar, sem se importar com a reação dele, sem consultar sua atenção, e foram dizendo, de uma vez por todas, sem dúvidas, para todos que quisessem ouvir, mas baixinho, quase sussurrado, só para ele ouvir, com todas as letras, todas as notas musicais, que elas se amavam. Amavam-se assim como os diferentes se amam, como os iguais se amam. Amavam-se com o desejo ardente de um corpo querendo o outro. Amavam-se sem explicações, sem mentiras, sem medo, sem conversa fiada, sem palavras neutras. Amavam-se e queriam que ele fosse o primeiro a saber. E tudo foi tão rápido, tão rápido, que Duda ficou com uma profunda sensação de que nada tinha acontecido. Ou teria?

OPTICA
Esteban
MAGYAR POSTA
2771- LOVE
Moderato con espress
from the Publishers.

Mergulho em palavras de vidro e em notas de vento

(Um bilhete, quase carta, para Dona Eulália)

Mãe,

Fique fria. Eu sei que a senhora me ama. Eu sei também que o que a senhora quer é que eu seja uma pessoa feliz, não é? Não é à toa que a senhora trabalha bastante para não faltar nada para nós... nem para o pai, nem para a Maria Emília. Muito menos para mim. Vovó diz que a senhora trabalha demais na rua e em casa, lembra? Não é por isso que a senhora está vendo coisas?

Não fique preocupada, não. Não estou doente, nem aborrecido. De vez em quando eu ando meio filósofo, pensando na vida... A senhora não falou que até ontem eu era um garotinho lindinho e agora eu estou virando um adulto bobão? Será que é isso? Vou me arrumando...

Gostei do seu bilhetinho. Resolvi mandar um de volta porque na hora em que a senhora chegar eu já vou estar trancado no meu mocó. E também porque eu estou pegando gosto de falar por escrito. Sacou?

Se você chegar muito tarde, a gente se fala amanhã de manhã, certo?

Até...

Duda
(Seu eterno menino)

Dona Eulália chegou bem depois da novela. Plantão dos bravos. Ficou curiosa e feliz ao ver o papel esverdeado preso sob o ímã de geladeira em forma de xícara florida e fumegante. Comeu a macarronada à bolonhesa esquentada, um pouco de salada e um suco de uva. Devorou o escrito do filho. Depois de ajeitar a cozinha, combinar a meia boca o supermercado com o marido ligadão na sessão das dez para relaxar, dar um carinho manso na Maria Emília, deixar a roupa do dia na máquina etc. e tal, foi dormir com vontade de bater à porta do mocó. Mas não. Só botou de leve o ouvido na porta. Tudo estava muito quieto. Foi direto para o banheiro.

O lampejo do olhar

Pelo olhar, que vai fisgando, pelos contatos, pela dança original do corpo, vamos nos revelando. Gesto paisagem.

As palavras ora nos revelam mesmo, ora nos escondem, ignoram coisas adormecidas e latentes dentro de nós. Matam e ressuscitam num piscar de vírgulas, arranjos e combinações. Sentimentos viram intenções. O movimento constante e caleidoscópico do nosso olhar registra e interpreta tudo.

Talvez fosse isso que estava acontecendo na cabeça da Maria Cândida naquela hora, naquela situação tão corriqueira. Seu olhar de lince ia devorando as formas, as cores, luzes e sombras. Estava com o fone de ouvido no último saboreando as batidas rudes e secas da bateria, o desenho lascivo e ondulante das guitarras e o pulsar volumoso e grave do contrabaixo. Som maneiríssimo... bacanérrimo. Nem bem o vocalista entrou com sua voz caliente e sensual quando ela viu alguma coisa acontecendo bem em frente, na casa vizinha.

Tudo estava quieto naquele início de manhã de feriado até aquele momento. Mal ela conhecia alguém da rua, recém-chegada das terras goianas, terra de muito bicho e de tanta gente. Mas, sem tirar o som do ouvido, começou a ver o movimento de cena de sua trilha musical. De cara nada se encaixa. Som agudo e lancinante, vizinho andando para lá e para cá buscando o nada, o impossível... Foi percebendo que a cada minuto o desenho dos braços e das pernas apontavam para o contracanto, o contraponto. A vizinha chegara de mansinho ainda de camisola, uma de cima, aberta, outra de baixo. De florzinhas delicadíssimas. Azuladas. Água para ferver, abrir armários, filtro de papel, pó de café, açúcar... barulhinhos bons. O vizinho parece cantar uma ópera. Bufa. A vizinha continua quieta, aguardando acontecimentos, esperando a fervura. Primeiro reage. Apenas se abotoa na camisola do dia e se arma de colheres e xícaras brancas. A fumacinha da cafeteira parece enfim se coadunar com o som menos agressivo da trilha ligada no ouvido de Maria Cândida. O vizinho aos poucos atua em seu solo, com movimentos giratórios da boca, mãos crispadas, jatos de saliva e ainda o coro chicoteante e autoritário dos braços e pernas e do corpo todo. De galinho à espreita, vai virando um gorila, um drácula agonizante...

Maria Cândida pensa em tirar o fone e ouvir o som original, mas não, esperou mais uma faixa do CD. Começou leve, dissonante, e em poucos segundos retornou à musicalidade seca e lancinante. Cortina no meio, janela e os gestos vão mostrando a cena por inteiro. A vizinha, jeito de gatinha acuada, tenta beber o café, misturado às lágrimas e aos gritos e impropérios que saem das dobras da pele do bufão vizinho. A vizinha se afasta, convexa. Cria um escudo com uma fumaça de café mágica e salvadora. O vizinho toureia o espaço entre eles para concretizar magistralmente sua ira, seu furor e sua braveza. Nas últimas batidas dissonantes no espaço da cozinha, as mãos do vizinho lançam um dardo no ar, de dor. Uma xícara se espatifa no chão e as mãos da vizinha prevendo ferimento e sangue e as pernas fogem do palco e da cena matinal. Tentativa de homicídio, choro e ranger de dentes... A bateria e a guitarra se desvanecem no espaço sonoro.

Maria Cândida tira o fone e ouve o som original, genuíno. O marido, seu Geraldo, estava revelando a sua mulher, dona Maria da Glória, a Glorinha para todos da rua, o que estava entalado em sua garganta e gravado em um grampo telefônico que encomendara, bem naquela hora no café da manhã de feriadão e bem na hora da Maria Cândida curtir um som... Era a confirmação da fofoca, depois suspeita, do caso amoroso da esposa com o dentista da família, o Arthur. O telefone celular deixara uma marca de cor de berinjela no rosto da Glorinha, que esbravejava e falava poucas e boas ao marido enquanto botava compressas no ferimento. Parecia uma águia ciente de seu vôo. Seu Geraldo bufava, prestes a ter um enfarto de rancor amoroso. Quem chorava sem parar e bem forte andando pela casa feito uma guitarra virgem de rock pauleira era Glória Maria, filhinha do casal em crise, fresquinha, fresquinha feito a brisa da manhã.

"Para ser grande, sê inteiro: nada
Teu exagera ou exclui."

(Fernando Pessoa, in *Odes de Ricardo Reis*)

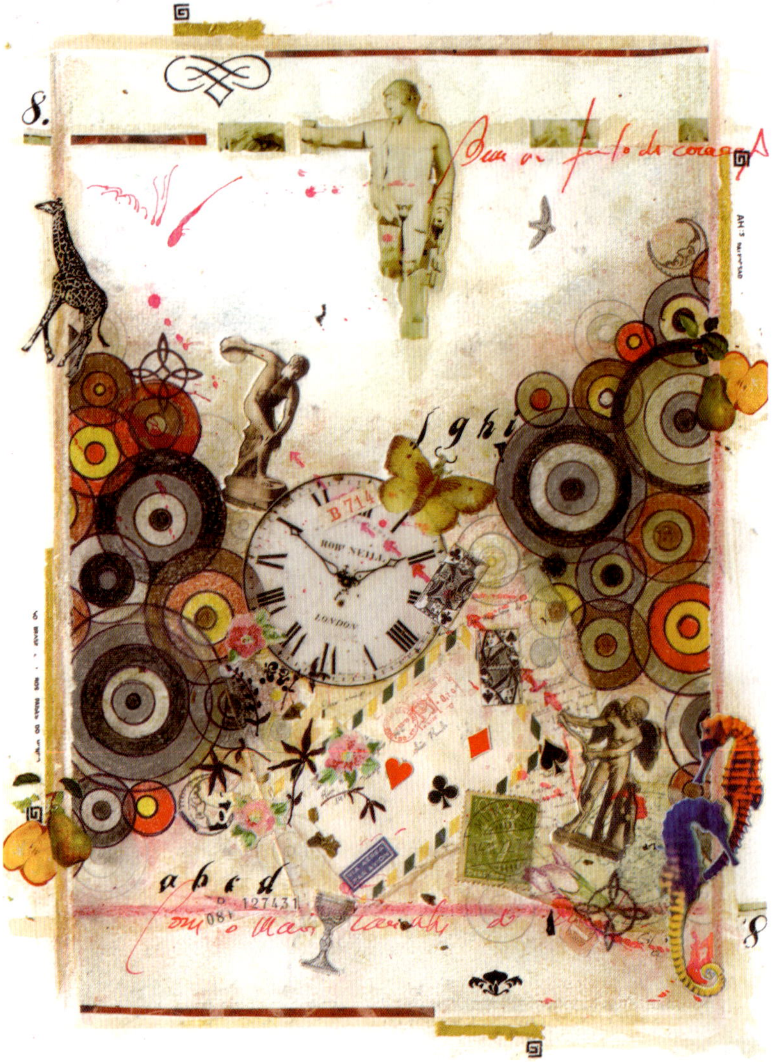
8.
B 714
LONDON
a b c d
127431
8

Alinhavos humanos: muitas horas na mira do infinito

(Muitas provocações na carta que não foi remetida)

Duda,

O que é mais difícil: conviver com o preconceito ou enfrentar a verdade dentro de você? Onde dói mais, se é que dor pode ser quantificada? Na raiva do medo covarde de enfrentar a cara safada daqueles que não conseguem conviver com a diferença ou na dúvida da indecisão?

Onde o bicho pega, meu camarada? No olhar debochado, infeliz e crítico de quem faz do preconceito um modo de esconder sua pequenez ou no branco do travesseiro, você e seus medos?

São as palavras carregadas dessa coisa mórbida que é a ignorância diante do desconhecido ou é o horizonte eternamente aberto de nunca saber nem ter controle sobre o amor de amanhã?

Às vezes coloco em dúvida minha decisão de abrir meu coração pra você. Tem valido a pena? Valerá a pena, um dia? Sinto um pouco o gosto de uma comida insossa, de uma bebida passada.

Mas não posso te culpar. Quantos grandes homens se guardaram em armários fechados e viveram a vida toda com esses sabores e paladares mal passados, mal resolvidos, mal sentidos. Quantos... Tantos... Como posso resmungar e querer de você uma resposta tão apressada... Bobagens. Melhor dar um tempo ao tempo. Esqueça esta carta. Ou melhor: não vou enviá-la a você.

Melhor dar um tempo.

P. P.

Não deu outra. Arrumou um bom tempo naquele dia quase infinito para continuar aquela atitude quase emergencial de ler e ler para descobrir coisas sobre esse jeito diferente de amar o outro. Muita coisa tinha aprendido durante a última visita à biblioteca. Precisava ir adiante. Pelo menos mais um pouco. Por que um homem gosta de um outro homem? E uma mulher gosta de uma outra mulher?

Genoveva já achava mais que interessante aquele garoto ficar horas e horas devorando tudo sobre um tema tão escabroso. Tão perigoso. Ossos do ofício. Dele e dela. Passou a ajudar ainda mais o Duda, como se ajuda um rato temporário de biblioteca. Quase uma colaboradora, levava de tempo em tempo um livro, uma revista sobre o assunto. Até cópia da Internet deixou sobre a mesa do visitante especial, silenciosamente. Quase em cumplicidade. Um jeito de ela sair do almoxarifado e também entrar na vida.

Não foi complicado para ele perceber pelas leituras feitas que a homossexualidade, escabrosa, perigosamente ou não, sempre foi um tema presente na história da humanidade, desde os povos primitivos até os tempos de heróis e imperadores. Incluindo até os atuais. Concluía então que ser homossexual nunca tinha sido um comportamento plenamente aceito em qualquer sociedade. Entendeu que em momentos diferentes da história da civilização humana o amor homossexual fazia parte da estrutura social, dos costumes, como na Grécia e no Império Romano. Espantou-se ao conhecer a história de Alexandre, o Grande, valente conquistador macedônio que tinha especial carinho por Hefastião, seu braço direito e companheiro constante de todos os momentos. E mais, vislumbrou que, em meio à luxúria e ao poder dos tempos do Império Romano, os imperadores, em sua grande maioria, encaravam a homossexualidade com naturalidade, muitas vezes num intenso tom. Ficou sabendo de Calígula, perverso e libidinoso imperador. De Júlio César, famoso conquistador e amante da rainha Cleópatra, mas que também demonstrava ter íntimas relações com Nicomedes IV, um rei da Bitínia. De Nero, talvez o mais promíscuo de todos. E de Adriano, o pacificador, um dos mais importantes imperadores romanos, que era um apaixonado por Antínoo, seu companheiro durante toda a vida. Era um assunto vasto... vastíssimo.

Dona Genoveva não perdeu a chance de levar no tempo certo um grosso volume até a mesa de Duda, assim como quem leva um pedaço de bolo a um querido convidado. Será que era leitura para ele? Talvez fizesse um empréstimo... Era o romance de Marguerite Yourcenar, *Memórias de Adriano*. Nesse livro, a escritora francesa conta toda a história do imperador romano que se revelara um pouco nas poucas páginas lidas por Duda naquela manhã.

Leu mais. Pôde concluir, em meio ao emaranhado das informações, que com o domínio do cristianismo vieram a monogamia e a indissociabilidade do casamento. Confirmou-se então um tempo em que a homossexualidade passa para o obscuro e para o clandestino. Em contrapartida, valoriza-se a heterossexualidade e a virgindade feminina.

Pensou nos tempos atuais, nos divórcios ocorrendo a granel, e no amor homossexual, ainda sendo alvo de perseguição escabrosa. Pensou na Internet e nos comércios sexuais, nos abusos pedófilos.

Leu bem mais. Percebeu que o movimento renascentista não conseguira romper ou amenizar o movimento contra a homossexualidade. Embora nessa época houvesse a tentativa de se aproximar da cultura greco-romana, o amor entre os iguais era considerado pecado sujeito à punição.

Quanto mais lia e lia, mais havia coisas para descobrir e entender. Sua cabeça fervia e fervia. Precisava descansar.

Deu-se um tempo.

Saiu. Lá fora, puxou o ar fresco para dentro do peito com um hálito corajoso e estimulante. Passou água no rosto e nas têmporas. Bebeu um pouco entre as mãos. Ainda ficaria mais um pouco. Não sabia o que fazer de imediato com tanta informação. Deixaria para depois pensar sobre isso.

Voltou. Para um segundo tempo. Genoveva já havia deixado uma matéria de uma revista e mais dois pequenos volumes marcados com tiras de papel amarelo cítrico. E um pouco de chá num copinho descartável. A matéria falava basicamente sobre as tribos indígenas das Américas, mais precisamente sobre a presença da homossexualidade na cultura indígena.

Quanto mais lia, mais a cabeça parecia se abrir a novas descobertas. Quanta coisa para saber... Foi deduzindo que os valores e os conceitos morais vão-se transformando socialmente ao longo dos tempos históricos. Entendeu que houve acontecimentos que colaboraram para a ocorrência dessas transformações. Tristemente percebeu que sempre há uma parcela de excluídos nos movimentos históricos. E os homossexuais se caracterizam por ser uma delas. Já sabia, mas confirmava de perto, sobre um dos acontecimentos históricos mais drásticos, perversos e desumanos da nossa história, o Holocausto, durante a perseguição nazista no período de Hitler. Conversou um pouco com Genoveva ao sabor da erva cidreira sobre o filme de Spielberg, *A Lista de Schindler*.

Por incrível que pareça, entendeu que na história humana também estão presentes pessoas que, independentemente de sua orientação sexual, foram importantes para o aperfeiçoamento de todo o conhecimento da humanidade. Entendeu que o comportamento homossexual não foi um impedimento para vingarem os verdadeiros gênios da humanidade nas mais variadas áreas que atuaram. Leu um pouco sobre Da Vinci, Michelangelo, Shakespeare, Tchaikovsky, Oscar Wilde, García Lorca e tantos mais... Quantos mais houve e haveria nesse mundo de Deus?

A tarde já dava sinal de despedida, pela luz fraca que entrava pela janela.

Leu ainda um pequeno capítulo sobre o sexo dos animais, e mais surpresas. Dentre tantas coisas que o deixaram boquiaberto, acabou sabendo que também no reino animal a homossexualidade era coisa natural. Coisa de diversão, puro prazer! Ficou sabendo que no mundo animal há orcas machos que se comportam homossexualmente, aves exóticas que se convidam para cópulas abrindo suas caudas, sejam machos ou fêmeas. Também macacas que formam grupos do tipo "clube da Luluzinha" e golfinhos machos que se acariciam e se estimulam sexualmente. E antílopes machos que se cortejam, leões-marinhos que moram separados por agrupamentos de machos e fêmeas e periquitos que formam casais tanto com machos quanto com fêmeas.

Ainda os carneiros silvestres que montam nos mais fortes, as gansas que vivem juntas, e zebras exclusivamente homossexuais... E por aí vai...

Ainda se deu um derradeiro tempo, uma prorrogação, para ler um comentário que o vento parecia ter aberto aleatoriamente e deixado à mostra um trecho em que uma escritora inglesa comentava que tanto a homossexualidade como a heterossexualidade tinham lá suas psicoses. Dizia que a verdade parecia estar estabelecida em algum lugar no meio. Chamou a sua atenção um box da matéria que tocava de relance a hipótese, dentre tantas, de a condição homossexual ser uma resposta da Natureza para a proliferação exacerbada do contingente humano. Uma espécie de controle da natalidade natural. Não entendeu bem, mas ficou a pensar em tudo aquilo que descobrira num dia de leituras.

Exausto, com a cabeça mais pesada que a biblioteca de Alexandria, ficou intrigado. Por que tanto preconceito? Tanta coisa velada?

Viu que Genoveva já havia recolhido, guardado e fechado tudo. Meticulosamente. Vestida para ir para casa, de batom renovado, ajudou Duda a guardar suas coisas. Já era noitinha quando cada um foi para seu lado.

Em casa, em meio às cópias reproduzidas de textos que trouxera da biblioteca, Duda reconheceu uma folha de sulfite onde havia escrito várias frases, todas interrogativas. Foi relendo uma a uma, descortinando perguntas que fazia a si mesmo e a quem quisesse responder:

Quem disse que o amor é fundamental na vida?

Quem receitou o primeiro amor?

Teria o amor um caráter? Qual?

O que conta mais: o corpo ou o desejo?

Quem é de quem?

Os iguais se atraem? Ou os opostos?

Qual amor é mais verdadeiro?

Qual é a verdade do amor?

Que papel o amor desempenha em nossas vidas?

Por que esse assunto causa tanto incômodo?

Por que o mistério de as pessoas se apaixonarem umas pelas outras?

Depois, deitado na cama, antes do banho pensou em Maria Cândida, tão solta em suas curvas bélicas, um corpo preparado para a luta do amor, do desejo, do sexo. Imaginou-se beijando-a, experimentando, na imaginação, prazeres e desejos no embalo dos dois corpos. Não deu. Não foi adiante. Não evoluiu. Estava exausto demais. A cabeça borbulhando.

O que Pedro Paulo pensaria disso?

De soslaio, deixara-se tocar pelo desejo. Ficara assim. Num ponto de espera para que alguma vertigem pelo feminino, em forma de curvas, em formato de peras e maçãs, percorresse seu imaginário encantamento.

Abandonado à sorte, ficou assim olhando o teto à espera de que um mínimo impulso lhe despertasse a pele.

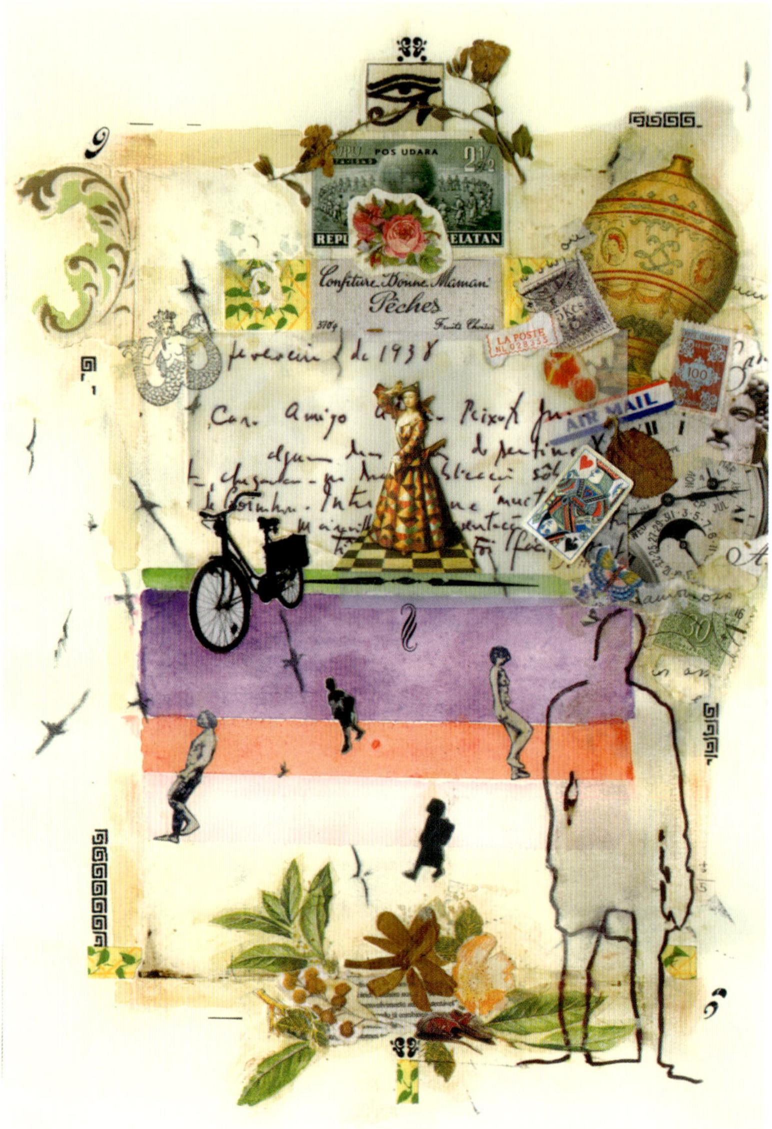
POS UDARA
Confiture "Bonne Maman"
Pêches
LA POSTE
AIR MAIL

Ressonâncias:

retoques na espinha do soberano tempo

Bicicleta com pastel

Encostou a *bike* no poste. Não podia perder aquela chance. A professora Lucinha, bem ali na feira! Mais que depressa, pediu outro pastel de *pizza* e um guaraná bem gelado, que havia calor dobrado no pedaço. Ficou bem na passagem espremida das pessoas com sacolas, maços de flores e hortaliças pendentes e carrinhos invadindo tudo. Não foi difícil para a bela professora de óculos escuros e uma roupa de briga encarar docemente seu aluno ali, em pé, bem a sua frente, em meio a tanta variedade de burburinhos.

– Você aqui, Eduardo? Que coincidência!

– Poxa, professora, que legal... Nunca poderia imaginar que você poderia estar aqui... Quer um? É bom, eu garanto.

– Eu acho que vou ficar só no suco. Tenho de me cuidar e o almoço está logo aí, não é?

– O de acerola é legal...

– Professor e professora têm de fazer muitas coisas, meu caro. Feira é uma delas. Mas, hoje, nessa feira eu estou só de visita. Vim comprar umas frutas para a minha mãe que mora aqui perto. Quase todo domingo venho visitá-la... E você, mora por aqui?

– Mais ou menos... Vim de bicicleta e acabei ficando com fome.

– E aí, já está com mais clareza em seus pensamentos?

– Pior que não...

– O pior não é isso. O amor é sempre o melhor. Por pior que seja e em todas as suas variações, coisas de amor são sempre bem-vindas. Você é jovem, tem ainda tanta coisa para viver! Sabe que, depois da nossa conversa rápida, eu fiquei pensando que, se você precisar de um papo, tudo bem... vamos em frente. Não tenho filhos ainda, mas nessas minhas andanças professorais já vivi umas boas situações amorosas e desamorosas e terei o maior prazer em conversar com você. Se puder ajudá-lo, o prazer será maior. Isso é que vale.

– Obrigado, professora...

Veio o suco vermelhoso. Espesso.

– Além disso, eu sou a única filha da minha casa. Estou no meio de uma trinca de irmãos. O mais novo, um caçula meio temporão, deve ter perto de sua idade...

– Eu estou ainda meio afogado nos meus sentimentos... parecem confusos... Todo mundo fala que é coisa de adolescente... será que é assim?

– Um pouco é, Eduardo, mas nem tudo. A adolescência tem essa marca: mudar, transformar, viver em plenitude os sentimentos humanos; não é coisa para qualquer um, não. Sempre dá trabalho. Depois que a gente vai ficando adulto, também acontecem essas coisas, essas revoluções sentimentais. Sempre temos de resolvê-las e é nessa fase da sua idade que a gente começa a aprender a lidar com tudo isso.

No meio do burburinho geral, quase babélico, do calor insuportável, saiu a pergunta fatídica.

– Será que eu preciso de um psicólogo, professora?

– Por que essa pergunta? Se for porque você pensa que psicólogo é coisa de anormalidades, doenças, coisas assim, acho que não. Se você pensa no psicólogo como alguém especial que vai ajudá-lo a entender a sua vida e lidar bem com ela, acho que sim. Mas você acha que está nesse pé? Amigo, pai, mãe e professora abelhuda como eu não estão bons para esse momento?

– Pode ser... pode ser...

Eduardo teve de salvar sua bicicleta, que estava sendo alvo de uma coisa maior que a curiosidade de alguns garotos que circulavam por ali.

– Tenho que ir, professora, não quero tomar mais o seu tempo. Vou caminhar mais um pouco. Legal te encontrar aqui.

– Que conversa séria para uma feira, não? Vamos continuar noutro dia na escola, certo? Até mais...

– Tchau, professora.

– Tchau. A gente se fala.

> "Eu aceito o belo presente,
> quero dar-lhe forma em silêncio,
> fazer desabrochar todas as suas cores (...)"
>
> Rainer Maria Rilke, in *O Diário de Florença*

Em meio aos trecos de sua mochila, mais um envelope meio amassado e mais uma carta.

Leu nervoso. Como sempre.

Duda,

Depois de noites maldormidas, dias malpassados, diante de tantas flores e frutos desabrochando nesta espécie de jardim encantado que mora dentro deste meu cotidiano comum e mais que corriqueiro, resolvi sair do meu silêncio estratégico. Depois do telegrama relâmpago, é claro. Este tom meio provocativo faz parte do meu jeito de ser. Você sempre soube. Talvez seja o que me toca e me direciona a você. Não pense que eu desisti de ir ao encontro do meu sentimento. Muito pelo contrário, estou mais seguro de que vale a pena perseguir o que a gente sonha e quer deveras. Dito isso, confesso que não estive tão alheio, fora de sintonia ou desaparecido como você poderia imaginar ou até querer. Tenho ficado na sua cola. Verdade. Tenho seguido um pouco de seus passos pela vida. Acho até que você anda fazendo progressos. Ouso dizer isso. Pelo menos penso que você concordará comigo que não há como fugir dessa parada. Encará-la é sempre melhor, porque pode resolver... pelo sim ou pelo não...

Espero que agora você não esteja mais assustado, confuso e com sentimento de culpa. Fiquei um pouco feliz quando você me escreveu dizendo que não pretende deixar de ser meu amigo. Será? Mas você sabe bem que essa história de ser amigo é o que pode nos segurar para sermos um pouco mais do que isso. Espero que seja essa a lição de vida que você tenha que viver para melhor viver.

Não quero ser chato, inconveniente, mas tenho que lhe dizer que brevemente poderei lhe afirmar que temos um tempo marcado e que está acabando. Logo poderei lhe dizer sobre isso e o que essa espécie de esgotamento do tempo pode marcar em nossas vidas. Talvez até tenha que tomar uma drástica decisão, caso necessário. Há outras coisas que acontecem em mão dupla. Umas a gente não deseja, pense bem... Não é só esse nosso movimento amoroso. Nada muito diferente do que brincar de viver.

Você pode me contar num pedaço de papel o que anda pensando sobre nós?

Até qualquer dia não tão distante...
Pedro Paulo

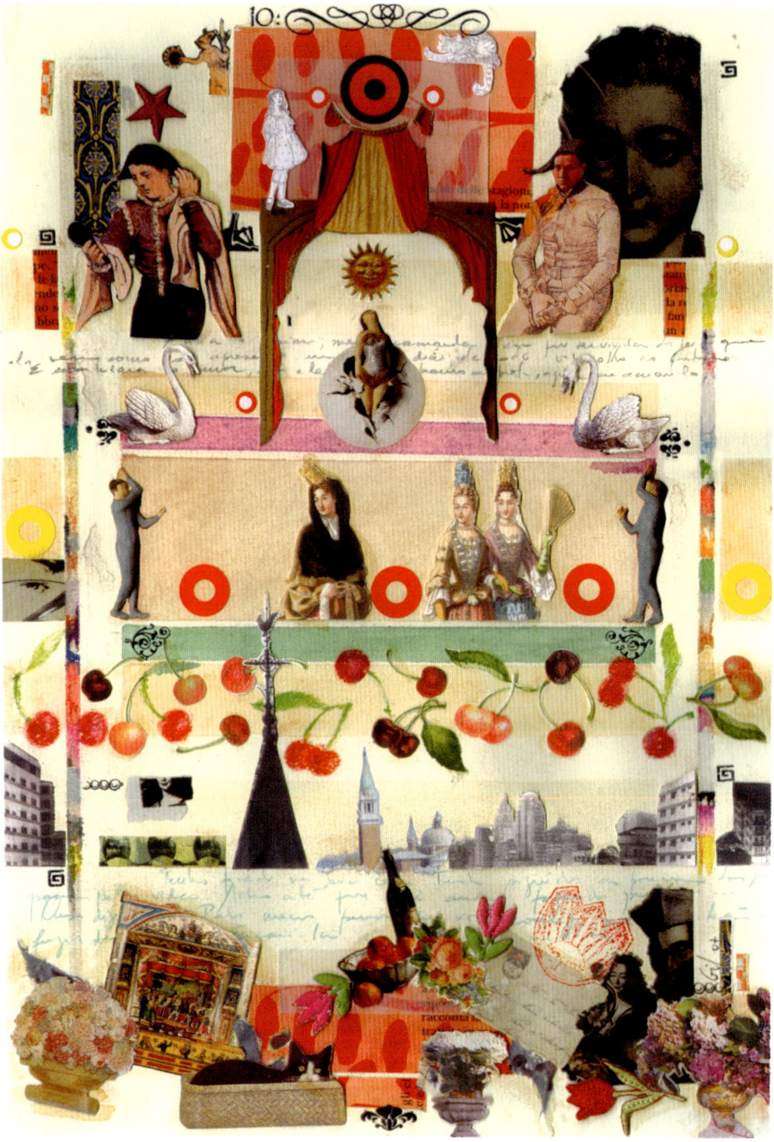

10

Novos riscos de giz e *links* na aventura de Vênus

> "Por teus brancos olhos cruzam
> ondas e peixes dormidos.
> Pássaros e mariposas (...)"
>
> Federico García Lorca, *in Narciso*

– Eu sempre quis ter um amigo assim como você, Duda.
– Ué... assim como, Maria Cândida?
– Assim... como você!
– Mas o que eu tenho de tão diferente que me põe nessa categoria de amigo desejado?

Maria Cândida pareceu engolir em seco. Ensaiou uma resposta, mas engasgou. Sabia o que queria dizer. Sentia, mas faltaram palavras para expressar a idéia e o sentimento. Às vezes acontecia assim com ela. Sabia, sentia e não conseguia falar direito. Ou então se enroscava e acabava falando o que não era exatamente o que sentia.

– Amigo é amigo, Maria Cândida. Não tem essa de "amigo assim".
– Tem, sim, Duda. Você é diferente, não é igual aos outros.
– Claro que sou...

Maria Cândida engasgou de novo, embaraçada. Era mais fácil lidar com música do que com palavras para os outros.

– ... e não sou?
– Não. É diferente.
– Diferente, como?
– Diferente. Você é menino, mas tem um jeito de falar e pensar e sentir como nós...
– Bem... as pessoas são diferentes...
– É... você é menino, mas não se interessa por meninas como os outros.
– Você não sabe...
– Saber eu não sei, mas eu sinto. Não é verdade?
– Mas e daí? O que isso me faz diferente?
– Ah, Duda! Tem mais coisa que eu sinto, mas não sei explicar direito.

– Você tem cada uma! Que conversa mais maluca!

– Não é maluca, não, Duda. Eu gosto de você e quero que você seja meu amigo número um. O pessoal fala que a melhor coisa que uma mulher pode querer é ter um amigo bicha...

Bilhetes, cartas, papéis, histórias, Narcisos e Psiquês. Tijolo, pedra, pau. O corpo recebendo uma surra. O coração apertado. A dúvida. A certeza. O descuido dela, a enrolação. "Bicha", assim tão seco, tão duro, tão cruel, mas tão sincero!

Correu mais depressa que vento pelo pátio deserto. O coração disparado num tum-tum sem fim. O sangue percorrendo todas as veias num clamor, num desvario qualquer. Depois parou um pouco, como se estivesse checando alguém de olhos matreiros observando-o. Essa não! Parecia até começar com mania de perseguição. Começou a andar mais devagar como se caminhasse numa nuvem espessa carregando pesos. Aquela conversa boba com a Maria Cândida tinha sido pior do que a pichação no muro da escola que resplandecia o insulto... fulano é veado... boiola... *gay*... biba. Muito pior que a terrível revelação do Pedro Paulo. Tinha no estômago o sabor amargo de um soco gigante. Sua cabeça zunia. Tinha uma dor apertada no peito estranhamente serena e inconcebível. Sem fim. Meio monstrengo, cambaleante, caindo aos pedaços, entrou no banheiro silencioso demais. Bateu a porta do banheiro como se entrasse pelo outro lado do mundo. Quase nem conseguia respirar. Veio uma vontade de vomitar, mas o que veio foram ânsias para soltar muita coisa engolida de pressão, sustos e surpresas. Olhou para o nada. Que fazer? Sentou na beirada menos suja do vaso sanitário e esperou o ar entrar para o alívio. E por acaso Maria Cândida tinha moral para falar daquele jeito grosso e direto? Que é isso?

Pior que tinha. De sobra. O que tinha vivido com ela naqueles tempos de vida e escola dava prova suficiente. Por que não via como ela? Ou melhor, porque ele não queria ver? Ela não estaria exagerando um tanto, puxando a sardinha para as suas brasas? Talvez aceitar esse vislumbre e colocar em meio a sua vida era só o que precisasse. Algo que precisava ser vivido. Talvez tivesse medo excessivo de ser descartado de tudo e de todos. De morrer a olhos vivos e ao sabor da não-aceitação dos outros. Talvez tivesse mesmo de dar corda a essa provável possibilidade humana nele instalada. Talvez ainda tudo isso, depois de bem vivido, pudesse combinar com os miudinhos da vida: nadar, ir ao cinema, estudar, jogar vôlei, ir às baladas, lanchonetes, igreja, supermercado, conversar, cantar, namorar, e tudo que um ser humano pode e quer fazer. Assim, poderia ser visto por inteiro e não por um detalhe de uma história...

Teve de sair do banheiro logo. O cheiro não era dos melhores. Sentia bem firme alguns olhos de gato semi-humanos rondando aquele espaço vazio. Sentiu um calafrio esquisito. Mas o susto maior quem levou foi dona Serafina. Gritou, largou balde, pano, vassoura e rodo no chão quando ia fazer sua faxina de sempre e deu de cara com Duda zunindo como avião supersônico...

(Bem no fundo do coração da amiga)

O Duda não sabe ainda. Ou, se sabe, faz que não sabe. Que não quer. Mas a gente sabe, eu sei, os amigos sabem. E sentem. Mas ele não abre o jogo, fica dentro desse armário, trancado. Abre logo e enfrenta de vez a vida. A vida é assim, meu caro. Tem que ser vivida do jeito que ela vem, como se apresenta, um dia de cada vez, olho no futuro. E entrar de cara no amor, seja ele branco ou preto, azul ou amarelo, corintiano ou flamenguista, pequeno ou grande, igual ou diferente. Afinal, meu amigo Duda, ser homossexual não é o fim do mundo. Nem o começo. É o meio da história. Da sua história.

11

AHMAD TEA
LONDON
LEMON & LIME TEA
LEMON TEA
LEMON TEA
Secret
GARDEN

Despertando mistérios mais o medo pelo brilho da aventura

Tanta informação, tanta leitura, tanta conversa, tanto enquadramento.

Em que são diferentes o homem e a mulher? Em que são semelhantes? O sexo? As escolhas do amor? A educação? A convivência? O que é um homem? O que é uma mulher? Quem há de saber?

Ah! Para que tantas perguntas?

Chega de perguntas!

QUERO UM POUCO DE

RESPOSTAS!

"Eu: tua mão, teu rio, teu desejo e estrelas. Nosso abrigo."

Hotel das estrelas

Nem bem entrou no salão, e a Mariinha, de cabelos e unhas feitas, sentadinha na vermelhidão do sofá de couro sintético, logo foi falando, ajeitando as revistas ensebadas e pegajosas num canto para sobrar espaço para a amiga que não via há um mês e meio...

– Ainda bem que você chegou. Tenho tanta coisa pra te contar... Dessa vez a coisa é forte, bem forte. Tá abalando as estruturas da nossa cidade. Você tá boa? E a capital? Vamos indo...

Maria Helena, que já estava afastada daquele cotidiano desde alguns anos, meio sentando e querendo fugir e com uma dose de curiosidade viscosa, respondeu o que podia e ouviu o que queria e não queria.

O barulho do secador, da televisão passando bobagens rotineiras e alimentando desejos insossos mais o cheiro híbrido de aromas e quase amoníaco invadiam tudo e perturbava a conversa marota e encenada quase a meia voz que logo foi deslanchando da garganta da Mariinha e cobrindo tudo que já ali imperava desde a manhã daquela véspera de feriado.

– Então você não ficou sabendo da última? Não mesmo? Mas eu vou te contar tudinho. Tô passada. Que horror! Lembra da Dirce, aquela moça boazinha, bem feitinha de corpo e de olhos claros que trabalhava lá em casa quando minha mãe ainda tinha um bazar, lembra? Era uma santa, não tinha boca pra nada. Trabalhadeira que nem ela não tinha. Era bem bonitinha. Não lembra, mesmo? Deve ter mais ou menos a nossa idade, não tem? Mas deixa eu te contar. Ultimamente ela estava casada com o Paulinho da dona Hercília, lembra?, a dona da horta. Ele trabalhava no mercadinho do japonês... pois é. Eles estavam bem, pelo que se via. Formavam até um casal bonito, só vendo. Não tinham filhos, não. Mas isso não é nada, veja o que aconteceu...

Maria Helena pegou uma revista e começou a abanar-se um pouco. Calor muito. Vinha coisa brava. Levantou docemente e foi pegando um copo de água bem geladinha para amansar toda aquela zoeira de guardados morais. Sempre aproveitava para deixar o cabelo em ordem durante a visita familiar, coisa que era a última a fazer na cidade grande cheia de outras tarefas mais importantes e necessárias. Respondeu algumas poucas palavras entre goles minúsculos de água, mas sua cabeça tilintava um mundão de textos ante o fala-fala ansioso e atraente da Mariinha.

– E você se lembra também de uma moça que veio do Sul para cá com cara de fugida do diabo e da cruz e que todo mundo conhecia como Betina? Lembra, ela era alta, meio grande, cabelo curto bem clarinho, lembra? Era pau para toda obra. No começo fazia de tudo, limpava quintal, cuidava de pessoas enfermas, catava tomates nas colheitas, enfim. Até trabalhou no posto de gasolina. Lembra? Todo mundo gostava dela. A danada foi se virando e foi ficando bem.

Depois de uns três ou quatro anos de labuta firme chegou até a ter uma caminhonete. Ultimamente ela tinha um negócio com carros, veja você. Fazia alguns transportes. Todo mundo comentava sobre seu jeito de ser... mas em compensação gostavam dela. Por tudo que fazia. Era coerente, educada, honesta e muita coisa boa que todo mundo é testemunha. Lembra agora?

Maria Helena já se tinha cansado de lembrar. Ajeitou-se no sofá e preparou-se para o grande desfecho. Agenor continuava com pente e secador dançando nos cabelos da cliente, sobrinha da amiga falante, em seu tango corriqueiro de cortes, alisamentos e tinturas. Mariinha continuou sem pestanejar:

– Agora é que você não vai acreditar... Veja se pode. Sabe o que aconteceu? Um escândalo. Calma, vou contar tudo, querida. Primeiro deram falta da Dirce, coitada. Procuraram em casa de parentes, no mato, na vizinhança e nada. Logo perceberam o sumiço da Betina. Ninguém viu mais sua caminhonete e pela primeira vez tinha dado um furo num de seus carretos costumeiros. Bom, juntando o diz-que-diz do pessoal daqui e o socorro policial, passando por suspeitas de crime e estupro, disseram que as duas estão numa boa morando juntas no estado do Paraná, sabe Deus lá onde é que é... Feito marido e mulher, ou seja, mulher-marido e mulher da mulher-marido. Deus me livre, como isso funciona... Sei não. E nada se pode fazer. Foram de livre e espontânea vontade e de bom sentimento. Quem diria? Dizem até que estão alegrinhas para dedéu cuidando da vida. Que nem só. Agora, uns juram que elas trabalharam felizes na última colheita de cebolas de seu Pacheco. Para reforçar o orçamento doméstico, foram contratadas para o serviço sazonal e o destino ou a sem-vergonhice cuidou do resto. Ficavam é todas as madrugadinhas, ao sabor da lua e das estrelas, carregando o caminhão da fazenda para a ida à central abastecedora. Entendeu tudo? Cada um se resolve como pode. Se é para ser feliz se vai...

"Pior é o Paulinho que se afundou na bebida e jura que a mulher vai voltar. Às vezes tenho dó, às vezes não. Diz que só não vai buscar a ex porque tem medo do que a Betina possa fazer. Ou porque sabe que a Dirce não volta de jeito nenhum? Quando se quer de verdade, não há nada que se possa fazer, você não acha que é por aí?"

Era a vez da Maria Helena. Que alívio. Mas as cenas continuavam em sua cabeça sem tom provocativo ou fofoqueiro. Vinham como possibilidades do bem viver. E ali cingiam estrelas também. Sentou na cadeira e ficou mais uma vez e por dois instantes em dúvida se fazia luzes. E pediu o de sempre ao Agenor. Mariinha saiu indignada revirando a história mais uma vez...

(Bem no fundo do coração... de mais alguém)

As pessoas precisam sair dessa. Até quando? Ficam querendo disfarçar a grandeza da vida a todo custo. Por que não aceitar o que é? Quando sabem revelado em palavras cruas que uma pessoa não é heterossexual, passam a vê-la, como num passe de mágica fajuta, de bom para o mau ladrão, ou pior, como um ladrão asqueroso e vulgar. E não é nada disso. A Natureza é divina e soberana. Deveriam saber disso, como quem fica no horizonte dessa pessoa. Algo que se sabe a mais dela. Um tom, uma cor, uma vibração. Um caminho que ela acolheu, pois lhe foi dado de presente enlaçado na vida. Como quem segue pelo caminho da floresta e não do rio. E que no jogo da vida podia ser vice-versa, nada mais.

Por uns dias, nem estava comendo direito. Muita coisa parecia chegar estranha ao estômago. Só tinham ido duas xícaras de chá de limão e jasmim, com gordas colheradas de mel. Naquela noite, pouco dormiu de tanto passar e repassar cenas vividas nos últimos dias. Protagonista, agora se sentia perseguido por um volume maior de olhos, percepções e vigilâncias. Era horrível sentir-se assim, como um foragido. Como se alguém soubesse tudo aquilo que estava rolando em sua vida e ficasse à espreita esperando as revelações.

Estava mais para encabulado. Carregado. De pé, arrumava um pouco a desordem eterna de seu quarto. De onde tinha vindo parar aquele mangá na sua mochila? Não se lembrava. Desatenção total. Era certo que tinha começado a colecionar essas histórias em quadrinhos, mas aquela que tinha uma história meio esquisita, não se lembrava de tê-la comprado. Era para pensar... Para checar o que andava acontecendo ao redor. Algo fugia do controle.

Estava machucado por dentro. Às vezes, sentia que lhe ofereciam um brinquedo marginal. Não queria essa sensação. E não sabia como se livrar dela.

Iniciava o dia com jorros d'água por seu rosto, seu corpo, sua garganta. Como se tudo pudesse ir clareando e desmanchando aquela armadilha de sedução e envolvimento. Uma sensibilidade a mais via acrescida a seu corpo. Uma vertigem que virava giros intermitentes de arrepios. Uma revelação surpreendente prevalecia sobre o destino. O movimento das águas a jogavam num turbilhão de ansiedades. Em movimentos vivos de desejos espelhados, perverso das diferenças.

Não foi com tanta surpresa que deparou com aquele envelope comum e mais outra carta em meio aos tantos pertences da mochila velha de guerra.

(Uma carta com cheiro de graxa de sapato e limão)

Duda,

Como marinheiro num farol, sondo seus últimos feitos... meu barco, minha mira, minha alegria... e minha dúvida.

Fico sabendo, como quem sente o aroma de uma pessoa querida, daqui da minha orgulhosa solidão, que você precisa ter força para enfrentar essa sensação de sopro quente sussurrando coisas loucas em seus ouvidos, sem o brilho do terror, do sofrimento.

Detendo agora algumas propriedades desse encantamento, irá recuperar sua história original, espero, e muito. Quero que seja comigo, como quem junta distintas partes, o esquerdo e o direito, o contido e continente, o côncavo e convexo, o eu e o outro... Um cheiro de graxa com limão. Combinam? Sem terror, sem cara de otário e sem vacilo, agora você já tem seu itinerário. Uma grande dúvida não é um bom sinal?

Sinto que chegou a hora. Não há mais compassos de espera, cara. Vou te procurar de qualquer maneira, sutil ou estrondosa, vou aparecer como uma boa verdade em sua vida. Nem que seja para dizer adeus e me esconder em outro canto do mundo por um tempo indeterminado ou por toda a vida. Mas vou. Pode acreditar que já estou indo...

Por que você não vem ao meu encontro?

Por que não montamos um engenhoso aparato de nós? Anjos disfarçados de homens, talvez. Bonita imagem, não acha?

Já não está na hora de fazer as perguntas para si e divertir-se com as espantosas respostas? Não adianta mergulhar numa memória inventada, num futuro desejoso de viver. Não é isso que você anda fazendo? Troque o desânimo pela euforia, cara. O medo pelo brilho da aventura. Você é bom nisso. Só assim se reinventa um desejo adormecido e o leva à tona, boiando na existência tênue, nômade e artificial que é a de todos nós. As verdades são simples, pense bem. Não são como perfume barato. Passam paredes de chumbo. Você está num momento precioso. Dialoga com teu reverso.

Como vê, na derradeira, dou o dia e a hora. Local não importa...

Aí tudo se decide. Como já disseram: a sorte está lançada.

Até...
Pedro Paulo

12

12.
PAR AVION
CONCERT NUMBERS
POST CARD
Todo mundo tem seus mistérios...

Mãos para o **horizonte** e esses **olhos** reveladores do **futuro**

(Breve exercício de entender opções e aceitar outras condições)

Duda amassou o papel e jogou a carta fortemente num canto qualquer. Ficou lá amassada, esquecida.

Num lance de salvação, pegou um caderno qualquer, abriu-o numa folha em branco e escreveu o que seu coração mandava naquela hora. Leu depois para si mesmo.

Por que fico assim? Por que me sinto assim, como se estivesse devendo algo a todo mundo? Sem preço e sem saber como pagar. Como se tivesse uma culpa por ter salvaguardado em mim um pecado original. Acho que o que me pega mais é a possibilidade de estar fazendo algo muito louco e ainda muito errado. Aquela coisa que Deus castiga... E mais: algo que seja detonador de uma grande infelicidade a todos que me rodeiam e me querem bem.

Mas quero pensar que isso tudo no fundo é uma grande bobagem. Deve ser. Não sei ainda o que é gostar, amar... meninas ou meninos, sei lá. Sei quase nada de amar.

Quantas vezes despertei após ter tido sonhos estranhos e acabava excitado ou atormentado como se tivesse me enlaçado em braços e corpos em lugares exóticos, estranhos? Acordado, via que nada daquilo fazia parte do meu mundo real, mas tudo se impregnava e retornava a minha memória. Mas isso não é normal? Não acontece com todos os meninos e meninas?

Meninos se masturbam juntos, mas nunca se sabe o que se passa na cabeça deles. Será que para meninas é mais fácil? Outro ponto desconhecido. Um dia, Maria Cândida poderá me explicar. Será? Espero que, quando for ficando adulto, isso tudo se resolva...

Tenho vergonha de enfrentar a minha mãe. Tenho medo do que meu pai possa fazer. Acho que minha irmã não ligará muito para isso, já sei. Mas os meus pais poderiam colaborar mais comigo nessa situação, penso. Preocupam-se tanto com meu bem-estar, com minha educação, minha saúde, meu futuro, mas parecem mais inseguros e medrosos do que eu quando o negócio é a vida da gente de fato. O que somos, o que seremos, o que podemos ser. Afinal, eles já viveram mais e nos chamaram ao mundo. Agiram em comunhão para isso. Nem fica bem ficarem à margem nessa hora especial. Será que isso é coisa de todos os pais? Por que não aceitam a gente como a gente é e não do jeito que gostariam que fosse?

Sinto e tenho a certeza de que minha mãe, em seu silêncio de palavras, mas de atitudes ribombantes, vai me ajudar a levar isso do jeito que for. Talvez ela e meu pai acabem pensando nisso...

Meu Deus, não quero perder meus amigos! Parece que aí se insere mais a minha dignidade. Talvez tenha de enfrentar uma boa barra com alguns. Outros me darão apoio e força e estarão comigo na tempestade e na minha forma de amar. Amigo que é amigo resplandece nessa hora. Também não preciso dizer de mim num decreto. Sou o que sou, e vou sendo cada vez mais o que posso ser se me aceito e me respeito, e vou tocando a minha vida dando satisfações à minha consciência. É isso. O que não posso agora é mentir para mim mesmo e carregar um peso de inverdades maior que tudo. Não vou encontrar um salvador da pátria ou alguém que fará alguma transformação. Posso ser em plenitude tudo que sou. Marcar presença no mundo. Não importa como vou viver sexualmente e com quem. O que vale é que tenho de viver em paz comigo mesmo, com minha consciência, sem medo de ser feliz. Velho jargão que vem a calhar na agonia de alguém que resolveu antes de qualquer coisa optar pela verdade e não por um mundo falso e cheio de mentiras cor-de-rosa. Nesta hora, posso optar. E cada escolha tem seu fluxo de conseqüências. Vamos ver...

(De Duda para Duda)

Dentro do caderno, também reencontrou outro papel que guardava um escrito de outrora.

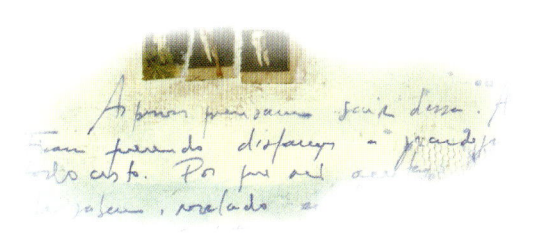

(Rascunho de um poema perdido, jogado numa gaveta)

Mensagem do vento

Sonhei comigo e com você
(eu de olhos abertos
você com olhos distantes).

Dentro do peito e da casca vítrea
Flores brancas.
Seta e dardo
Em direção ao nosso desejo
Ardente na pele, de fogo leitoso e viril
Numa dança ardente nos ferimos de alvos de amor.

Uma alegria perene febril
Disparando
Mãos espalmadas no horizonte
Fogos sem artifício
Apenas
Coração.

Sem tempos para o agora
O vento testemunhou tudo
Com seus olhos de estrela
E sua boca de lua.
Matizou nas florestas, nos campos, nos desertos
O delicado dom de existirmos
A sós.

E anunciou aos cantos do mundo
Um novo poder do amor.
Todo mundo tem seus mistérios.

Mais um dia de pequenos tormentos e vacilações. Duda procura viver regularmente seus dias. Como pode. Abatido um pouco por tantas pressões internas, mais as de fora, continuava vivo e ávido pelo lance de acabar de uma vez por todas com aquela situação tão absurda ao vivo e em cores. Como sempre, acordou em sobressaltos, tomou café correndo, deixou a tarefa por fazer, chegou atrasado na primeira aula, sentia-se cada vez mais perto de seu detetive, sentia o cheiro de seu algoz a qualquer momento, via alguma miragem por entre os vidros e por entre os horizontes, prestava pouca atenção aos professores, engenhava em pensamento suas prováveis atitudes a seguir, recebia o olhar amoroso da dona Lucinha sempre presente, conversava o banal e o óbvio com Zeca, Júnior e Vitória, fugia do *tête-à-tête* com a Maria Cândida, sentia ora calor, ora calafrio, ficava um tempão perambulando no *shopping* do bairro para passar umas horas, comia pouco (mais chocolate), olhava a TV mas não via nada, deixava um som circular pelo espaço, ficava horas no banheiro lendo, lavando-se o mais que podia e fazendo outras necessidades, deitava e olhava o nada por um bom tempo... Nunca seu computador e seu celular estiveram tão desativados.

No domingo, foi com a mãe à missa das nove. Era como se não tivesse ido. Não ouviu uma palavra que o padre Aurélio falou. Nada. Só ficou no emaranhado de seus pensamentos. A mãe comungou, ele não. Não que se sentisse em pecado. Sentia-se ausente. Uma pessoa ausente não poderia comer, beber, comungar. Precisava primeiro estar em sintonia com a vida, existir. No caminho de volta, vieram com tia Janice e tio Leandro. Desgrudou da mãe no meio da praça. Tomaria um sorvete e iria para casa. Foi o que fez. Só não esperava encontrar no bolso da calça um daqueles papeizinhos que faziam parte da sua vida ultimamente.

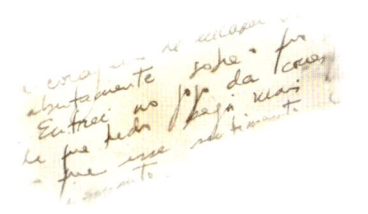

(Um bilhete anônimo lançando farpas e dúvidas)

Não pense você que vai agora querer satisfazer de graça e à toa esse mero capricho de menino mimado beirando a sem-vergonha e ainda se achando dono do mundo. Pode parar com isso, antes que venha a dar um passo errado na vida. Tô sabendo de tudo isso e espero que você não tenha de se arrepender mais tarde. Lute contra esse sentimento ruim que está te rondando, uma coisa vil e pecaminosa. Você sabe. Isso não leva a lugar nenhum. Olhe bem à sua volta. Você já viu um homossexual feliz? Vive se escondendo. De tudo, de todos. Você quer isso para você e para a sua família? Vai cair nessa armadilha?

Se liga! Ainda é tempo!

Uma carta adormecida

Na arrumação mais do que necessária para a desordem de seu pensamento, Duda deparou com aquela baita caixa de trecos e coisas que guardava por guardar. Mania. Coisas tão sem importância aos olhos comuns, mas tão imprescindíveis aos olhos do coração. Recolheu o que caiu ao chão. Selos da coleção interrompida, saldo de um exército de soldadinhos de chumbo que havia ganho do padrinho, figurinhas avulsas, recortes, fotos, bugigangas.

Resolveu vasculhar um pouco e visitar um pouco aquele território de lembranças. O relógio e o canivete suíço multiuso do avô guardava ainda seu tom vermelho forte, o maço de cartas de baralho, algumas conchas de mar, o peso de papel que mostrava desenhos multicor. Pegou o envelope de um azul-cinzento, sem selos, com seu nome bem grande escrito. Antes de abrir e reler tudo, com um pouco mais dessa experiência de garoto que busca um segredo, enveredou-se em mais uma cena armazenada na memória: férias no interior, casa de avós. Ele com 11 ou 12 anos, a ida às jabuticabeiras carregadas de bolinhas pretas, a pesca de lambaris no riacho da chácara, o recolher dos ovos das galinhas cantadeiras, o plantio de mudas e sementes na horta e no quintal, os banhos na cachoeirinha do Tarzan, os bolinhos de frango e o feijão cheiroso, os jogos de baralho, de dama e de bola e a conversa miúda que nem se sentia. Como um breve sonho acordado, reviveu a colheita noturna de vaga-lumes. Riu das estrelinhas piscando nas suas mãos.

Lembrou-se das performances do avô João, um imitador brilhante e dos mais engraçados que já vira. De seu olhar sereno e companheiro. Sobretudo daquela brincadeira inventada de viajar por lugares diferentes, seguindo itinerários de personagens, munidos de aventura, imaginação e o mapa-múndi aberto no chão da nossa alegria. E daquele momento, em uma das partidas, em que o avô o abraça como sempre e lhe entrega, com um livro e os olhos brilhosos, uma carta, aquela bem ali em seu colo. Embaixo do nome estava escrito: "Para meu neto mais amado ler sempre que sentir saudade". Um risco bem forte de adrenalina retumbou em suas costas. Abriu e releu:

Sítio da Água Limpa, dias bem vividos.
Para um aniversário. E também para sempre.

Amado Duda,

Você sabe que este seu avô e a sua avó, de onde estiverem, vamos amá-lo eternamente como uma brincadeira sem-fim, o bem mais precioso que temos.

A gente sabe também que seu aniversário está próximo e talvez não estaremos junto com você no seu dia. Não importa. Sempre e a todo dia temos um bom pensamento para você, neto do coração. É claro que iremos telefonar bem de manhã. Os primeiros. E uns presentinhos estarão guardados para quando você vier por aqui morar um pouco com a gente.

Tivemos a idéia e achamos que este livro e esta carta nos representarão muito bem. E como queríamos inventar um jeito de dar um presente sempre presente, gostamos da dupla livro e carta. Achamos que funcionam bem. Sabemos que você os guardará mais do que uma jóia, um troféu ou um tesouro. Essas palavras foram colhidas do coração da gente para o seu para que sempre estejam em seus dias como uma verdade pura e simples. Queremos confirmar e declarar ao sabor dos tempos que nós te amamos de uma forma mais amorosa possível, plena e para o sempre. Você é a nossa luz. Um presente de Deus, escancarado e feliz, em nossas vidas.

Que a sua vida seja sempre uma brincadeira de avós e neto.

E não se espante quando algum dia a gente seja só memória em sua vida. Nem quando a vida lhe apresentar um jogo diferente, inesperado, desafiador. Talvez, nessas horas apertadas, as nossas lembranças lindamente vividas o ajudem a resolver artimanhas de quem está vivo. Pense nisso.

Seja sempre você. No mais íntimo de sua verdade pessoal.

Lute contra o que não dialogar com ela. Não precisa ser herói, super-homem, invencível. Salve apenas a criança bonita e inteligente que há em você. Assim você será sempre um ser humano bom, íntegro. Um verdadeiro homem.

Beijo com sabor de jabuticaba madurinha.

Felizes aniversários! Deus te abençoe sempre e sempre. Não cansaremos de repetir: nós te amamos demais da conta! Seja feliz!

Vô e Vó

Não havia mais nada para fazer naquela hora. Chorar um pouco e visitar a saudade até que lhe fizeram bem.

"Renasce em meu branco peito
um cessar-fogo de delitos
abrigo e visitante
híbridos sentimentos.
Estalidos.
Chama e cetim.

O amante me habita
O amigo e o companheiro
me ressuscitam.
Em acordes.
Uma mina de marfim"

(Bem no fundo do coração de Luca, um amigo de verdade)

Quer saber de uma coisa? É preciso ser muito macho mesmo! Na verdade, só é preciso ser é Homem. Homem que é homem não tem medo nenhum de pegar bichice que não anda à solta que nem gripe por aí. Homem que é homem não precisa ter essa veadagem de ter ódio ou agir com crueldade contra quem não pense ou aja de acordo com seu figurino de macho. Homem que é homem chora, sim, quando o sentimento mandar. Homem quando se vê humano ruge com todas as forças da vontade. Sentimento é coisa de homem e de mulher. É coisa de humanos que somos todos nós. E ainda tem esse lance de homofobia, que não leva a nada, porque não resolve...

Sou amigo do Duda, sim, mais do que ele pensa, acho eu. Gosto dele pelo amigo, meio-irmão que ele é, e pelo convívio que temos desde os primeiros anos de escola. Quanta coisa! Fomos campeões na natação, estudamos pra caramba, fizemos bons e tantos trabalhos da escola, sofremos e vibramos por tantas coisas que aconteceram no nosso mundinho, nos divertimos para valer nas baladas dessa cidade. Foi ele quem deu uma de cupido e me aproximou de Raquel. Fiquei um dia com ela como quem nada quer e estamos ficando até hoje. Dou a maior força para ele. Quero que ele seja inteiro. Isso é que importa. Homem que é homem também sabe apoiar as pessoas quando elas querem ser elas mesmas. Temos que fazer alguma coisa para melhorar a vida das pessoas.

Em suma: é preciso ser muito homem para viver nesse mundo assumindo a identidade sexual, seja ela qual for. Viva o Duda! Valeu, amigão! Tô contigo!

Deixo essa para pensar: fazer nada é o mesmo que ser contra... Valeu...

Dentro do peito
flores brancas
Éramos

Oásis: a cor desse nômade que mora em mim

"Meu corpo selvagem e aprendiz
Não se irmana
Com o outro dentro dele.

Corpo vivido
Viril bailarino
Guardam o sagrado de ser"

Naquele mesmo dia, no final da tarde, tinha encontrado mais uma carta de Pedro Paulo.

(Quase última carta, avulsa e veloz)

Hoje o círculo se fecha.
É hora de tomar partido sobre o que faremos com esse sentimento que a existência guardou para nós, mesmo sem se querer.
Perdoe-me, se preciso for, por perturbá-lo em meio a tantos sentimentos ternos mas complicados, tensos demais. Sinto que o tenho ajudado um pouco a ir se percebendo como pessoa nesse mundo, de tanta gente diferente, original, mas por outro lado também estou prolongando para você mesmo sua caríssima passagem pelas trilhas do amor. Sentimento maior. Ainda tenho algumas coisas importantes para lhe dizer, mas acho que tem que ser olho no olho. Cara a cara. Tudo está ficando insuportável além da conta. Quero sair desse limbo, deixar de ser máscara, fantasma perseguidor. Preciso ser algo com cor, com pulsar de vida.
Coloco como possível que eu nunca mais volte a vê-lo. Talvez seja esse o meu papel. Quem sabe. Tenho que entender isso. Ainda não sei exatamente que rumo você irá tomar. Mas estou quase certo. As cartas estão na mesa. Marcadas por todos os acontecimentos que nos fazem verdadeiramente uma pessoa. Poderemos aos poucos nos encontrar com outras pessoas. Se não formos objetos do mesmo desejo, que eu possa ser uma marca, um impulso, um crédito na sua busca por ser você.

O fato é que de hoje não passa. Devo confessar que estou um tanto quanto farto dessa situação. Faz já longos meses que nos sustentamos na espera e na dor. Vamos dar vez à nossa verdade mais íntima, seja ela o que for... dar corda ao nosso impulso para a vida.

Te encontro. Hoje. Agora, agorinha. Ou de madrugada. Onde você estiver. Nem que seja embaixo da cama. Amanhã já será outro dia. Quem viver verá. Prepare-se.

Pedro Paulo

O golpe fatal

Leu a carta. Talvez a última. Queria que fosse. Passou a mão pela textura do envelope pardo para verificar que existia mesmo. Era inacreditável. Precisava acabar com tudo aquilo. Parecia uma boba loucura que precisava se desmanchar. Quase um quebra-cabeça sutil. E continuar vivendo com um pouco mais de tranqüilidade. O carimbo estava lá marcando data e local, ligados a seu nome escrito bem forte em vermelho.

Um banho, no começo quente e depois gelado, seria bom. Demorado e complacente. Olhou-se no espelho, cabelo molhado, torso nu, como estátua esperando uma liberdade serena. Pingos fartos se espalhavam feito estrelas gordas pelo chão do quarto. Uma pequena chama de luz de vela cintilava no peitoril da janela e tremia ao vento do começo da noite. O ar estava impregnado pelo cheiro cítrico e de cipreste macerado, os ecos de seu ritual de banho. Queria uma noite aconchegante, toda uma vida. Uma sensação de despojamento precisaria vir sem sentir.

Lembrou-se com precisão da primeira vez que havia mergulhado na água, tecido de tantos temores. Quantos medos antes, quantos ensaios, quantos alarmes falsos, quantos vislumbres. Depois o primeiro salto, o mergulho e o reconhecimento. E um mundo inteiro de maravilhas se abria e se oferecia para ser explorado. Será que nascer não era assim também? Como entrar num jogo e ir descobrindo no jogar como é que se joga, sem dores, sem preconceitos, sem neuras maiores. Precisaria mesmo encarar. Superar desconfortos, obstáculos, emoções pesadas. Encararia, sim. Seria mais livre, seguindo seu fio de ser. Pensou desde que entrara em casa e inconscientemente numa espécie de casamento solene consigo mesmo.

Olhou-se no espelho mais de uma vez. Viu-se bem. Novo homem. Dava para ver, às suas costas, a porta, o trinco solto. Sem chave.

A casa estava silenciosa feito igreja. Ninguém havia chegado ainda. Sentiu que alguém, algo estava por ali. Rondando. Poderia ser Pedro Paulo, que estava prestes a entrar e resolver o que o estava consumindo. Sentiu cautela, fervor. Hipnotizado ou encantado, já era tempo de acabar com aquela hipocrisia amarga e atroz.

A porta aberta e um coração corajoso também. Pedro Paulo entrou. Como se desse conta de quanto conhecia aquele lugar. O algoz, o perseguidor, o ilusionista, se oferece ao acolhimento tímido de seu criador. E é absorvido pela intimidade mais profunda de Duda, ele mesmo. Seu abraço é bem maior do que seus músculos podem entregar. Uma espécie de Narciso mergulhando em suas próprias águas.

O medo e a incerteza tinham ficado para o revés de tudo.

Agora era o desenho de um futuro corajoso para o feliz.

"Pus meu eu em minhas mãos.
E me acolhi nessa solidão consentida.
A visita amorosa sai
Esvai-se
ao léu.
E deixa o mel dos outros dias"

Último diálogo (de brutal consistência)

O vento e o silêncio da noite testemunharam o breve e intenso reencontro.

E veio outro dia como os outros. Manhã de primavera absoluta.
– Estou indo embora.
– Pode ir.
– Sinto que já não faço falta...
– Não fará.
– Você ficará bem?
– Sim.
– Se precisar de mim...
– Não precisarei. Você já passou. Vá tranqüilo.

Pedro Paulo tinha ido embora. Como era preciso.

Duda pegou as folhas de papel ligeiramente amareladas e a caneta de tinta preta e úmida que tinha usado para escrever as cartas do Pedro Paulo. Personagem de si mesmo. Um jeito de investigar seu desejo. De enfrentar o insólito. Sentiu uma pequena saudade, passageira, do amigo inexistente, mas tão real. Pedro Paulo tinha ido embora. E em seu lugar fica o Duda, decididamente o novo Duda.

Apagou todos os rastros visíveis do amigo inventado. As pistas do imaginário. Só ficou o que podia ficar como um aroma, um halo, um viés de lucidez.

Ficou assim alguns bons minutos sem chorar.

(Bem no fundo do coração de Duda)

Estou aqui comigo mesmo, não com meus botões. Eu de frente, olho no olho, cara a cara, coração e mente, sem medo, sem fantasias, sem ilusões maiores. Vou viver, seguir vivendo com o que eu trouxe do infinito profundo da minha existência, o mais genuíno em mim.

Tenho inaugurado uma espécie de orgulho moderado, de compreensão. Com cautela, como todo ser que convive, divide, agrega, tolera e coexiste, vou seguindo firme e claro.

Sei que a vida abre sempre outras janelas para os horizontes. Respeito o tempo porque ele é minha própria aventura. Tudo que eu vivi até agora é ainda pouco para se saber o que é viver. Mas me entrego total ao que me cabe, ao que acolho como bom e que não acrescenta nada de irregular em mim. Cabe a cada um de nós que estamos no mundo saber o que somos, o que queremos ser. Confio no que sou, quem posso ser, e dou corda para isso. Como um violino afinado que guarda melodias e acordes, tenho por tarefa desenhar a minha vida com todas as marcas, cores e tons. Uma pauta de muitas cantigas.

Olho para fora daqui da minha janela e compactuo este meu momento com a Natureza, presentificada no meu olhar. Ela, que guarda seus mistérios com a engenharia de seu movimento, me alimenta de seus ciclos. Ela me oferece uma matriz. Vejo um passarinho anônimo que multiplica as sementes num saber natural, ingênuo e harmoniosamente necessário. Sinto que a semente da minha história começa a brotar.

103

that is the fushion